KB046041

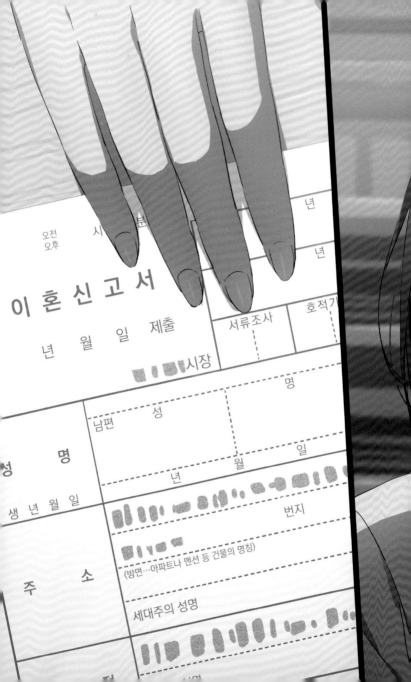

"……이거."

아카네가 초록색 종이를 사이토에게 내밀었다.
이혼 신고서라고 기록된 서류.
이미 아카네의 이름은 적혀 있었다.

이야기를 듣는 것만으로는 부족하다.

그 평범한 시간을 함께 보내고 싶다.

좀 더…… 이 소녀의 곁에 있고 싶다.

CONTENTS

011 프롤로그

제 1 화 《**이혼**》 014

제 2 화 《**혼자**》 058

146 제 3 화 《**여행**》

제 4 화 《**둘**》 227

246 에필로그

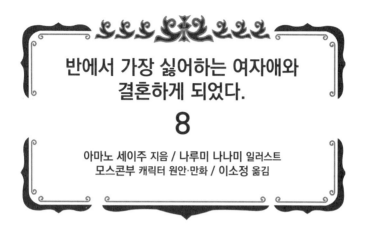

반에서 가장 싫어하는 여자애와 결혼하게 되었다.

8

아마노 세이주 지음 / 나루미 나나미 일러스트
모스콘부 캐릭터 원안·만화 / 이소정 옮김

소미미디어

커버 그림, 본문 일러스트 | **나루미 나나미**
만화 | **모스콘부**

어릴 때부터 사이토는 밤에 혼자 집을 지키는 일이 많았다.

테이블 위에 덩그러니 놓인 컵라면. 냉장고의 공허한 구동음.

언제 밥을 지었는지 알 수 없는 주방에서 일곱 살 된 사이토는 테이블 앞에 앉아 종이 한 장을 바라보았다. 부모님이 주방에 오시면 드리려던 것이다.

하지만 부모님은 인사하러 오지도 않고 바로 현관문 여는 소리가 들려왔다. 사이토는 한숨을 쉬고 현관 쪽으로 달려갔다.

영화관이나 콘서트라도 가는 거겠지, 외출복을 잘 차려입은 부모님은 타인의 얼굴을 하고 있었다.

둘 다 무척 예쁜 사람이었다. 비싸 보이는 재킷을 입은 아버지와 화장 냄새를 흩뿌리던 어머니. 젊은 얼굴이라 도저히 아이가 있을 법한 나이로는 보이지 않는다.

"……나가려고?"

사이토가 묻자, 아버지는 불쾌한 얼굴로 돌아섰다.

"너랑은 상관없다."

"빨리 밥이나 먹고 자렴. 컵라면 놔뒀잖니."

어머니는 목걸이의 위치를 고치느라 정신이 없어 사이토를 쳐다보지도 않았다.

큰 다이아몬드가 박힌 목걸이. 고약한 취향에 투박해서 늘씬한 어머니와는 어울리지 않았다. 반 애들의 어머니들은 좀 더 수수한 차림을 하고 있었다.

"이거 담임선생님이 건네달라고 하셔서."

사이토는 종이를 내밀었다.

"뭐? 뭔데?"

아버지는 입술을 일그러뜨리고 불결한 물건이라도 보듯 종이를 내려다보았다.

"수업 참관 공지."

"그런 걸 갈 수 있을 리가 없잖니. 우린 바쁘니까."

"내 말이. 애송이 발표회 같은 걸 보는 게 뭐가 재미있다고."

부모는 노골적으로 불쾌감을 드러냈다.

"나는 딱히 안 와도 되는데 담임이 슬슬 한 번 정도는 와달라고 시끄러워서. 일단 전해는 둘게."

끝까지 받지 않으려는 부모에게 사이토는 프린트를 내밀었다.

"필요 없다고 했잖니!"

어머니가 사이토의 손을 쳐서 털어냈다.

현관 바닥에 떨어지는 프린트.

"쓸데없는 일에 시간 낭비하게 만들지 마라. 상영 시간에 늦으면 네가 책임질 거냐?"

아버지가 프린트를 밟고 현관을 나섰다.

프린트에 주름이 지고, 무참하게 찢어지고, 더러운 밑창 자국이 남았다.

"쓰레기통에 제대로 버려!"

날카로운 말과 함께 현관문이 삐걱대는 소리와 함께 닫혔다.

어두컴컴한 집안에 사이토는 홀로 남겨졌다. 사람들의 열기가 사라진 실내는 아직 가을인데도 쌀쌀해 숨이 얼어붙을 것만 같았다.

도대체 자신은 무엇을 기대하고 있었던 것일까.

자조하듯 어깨를 으쓱하고 느릿느릿 몸을 숙여 프린트물을 집어 들었다.

"……시시해."

사이토는 손안에서 프린트를 움켜쥐었다.

주방에서 아카네를 끌어안은 사이토는 달콤한 감각에 당황했다.

아카네는 사이토의 셔츠를 양손으로 움켜쥐고 사이토를 올려다보았다.

새빨갛게 물든 뺨. 사이토만을 비추고 있는 맑은 눈망울. 벚꽃잎처럼 가련한 입술에서는 애틋하고 얕은 한숨이 새어 나왔다.

아침 햇살 속에서 보는 그녀의 모습은 놀라우리만치 아름다웠다. 충동에 내몰린 사이토가 아카네의 머리에 손을 뻗어버렸을 정도로.

"음……."

사이토의 손가락이 머리에 닿자, 아카네는 흠칫 고개를 움츠렸다. 하지만 도망치려고 하지 않고, 사이토의 셔츠를 조금 더 강하게 움켜쥐기만 했다.

"사, 사이토……?"

마치 우는 것 같은, 비음 섞인 당황한 목소리.

그 말만 들어도 사이토는 고동이 더 심해지는 것을 느꼈다. 주방은 조용할 텐데 심장 소리가 시끄러웠다.

열리려고 하는 미지의 감각, 문틈에서 새어 나오는 강렬한 빛이 너무 눈이 부셔서 서 있기조차 어려웠다.

——나는…… 아카네를…… 좋아하는 건가?

모르겠다.

내가 누군가를 좋아하게 될 거라고는 상상도 못 했으니까.

초등학생 때부터 반 아이들은 누구누구를 좋아한다면서 떠들어댔다. 연애는 흔히 소설이나 게임의 소재가 되기 때문에 사이토도 그 개념을 모르지는 않았다.

하지만 사랑이 그려진 소설을 읽어도 모르겠다.

어떻게 단 한 사람에게 그렇게까지 빠져들 수 있을까. 인생을 망칠 위험을 무릅쓰고 사랑을 선택하는 사람이 과연 있을까? 로맨스 소설보다는 그나마 미스터리나 호러 게임이 더 이해하기 쉬웠다.

인간이란 모두 같은 탄소 덩어리. 구우면 숯이 되고 죽으면 흙으로 돌아간다. 거기에 집착하는 사랑이라는 심리를 이해할 수 없었다.

오는 자 마다하지 않고 떠나는 자 잡지 않는 것이 사이토의 스타일. 연인은커녕 친구조차 스스로 원했던 적은 없다. 그래서 할아버지가 내민 강제 결혼도 받아들였다.

결혼은 단순한 계약.

자신의 꿈을 이루기 위한 도구일 뿐이라고 생각했기 때문이다.

거기에 감정은 존재하지 않았고, 아카네는 단순한 동거인이었으니까.

"왜 그래……? 머리에 뭐라도 묻었어……?"

그 말에 사이토는 정신을 차렸다. 황급히 그녀의 머리에서 손을 뗐다.

"미, 미안해."

"아, 아니. 딱히 상관은 없는데……."

아카네는 뺨을 붉힌 채 사이토를 물끄러미 바라보았다.

달콤한 공기가 두 사람 사이를 가득 메우고 있어 사이토는 질식할 것만 같았다. 힘든데도 도망갈 수가 없다. 괴로운데 불쾌하지는 않다.

오히려 이 공기에 계속 몸을 담고 있고 싶다고 느끼는 자신의 충동이 당황스러웠다. 그녀의 큰 눈동자에서 시선을 뗄 수 없었다.

"두 사람, 키스하는 거야?"

"꺅?!"

갑자기 가까이서 시세이가 말을 걸어왔고, 사이토와 아카네는 펄쩍 뛰었다.

집에 머물던 시세이가 원피스 형태의 잠옷 차림을 하고 졸린 듯 눈을 비비고 있다. 아직도 의식이 몽롱한지 휘청거리면서도 추궁의 말은 멈추지 않았다.

"시세는 질문했어. 두 사람은 키스하고 있었어?"

"하하하하할 리가 없잖아! 입이 썩을 거야!"

"엄청나게 무례한 말이네!"

이래 보여도 양치질은 매일 하고 있다.

"사실이야! 사이토의 침은 지구상의 모든 물질을 녹이는 독액이니까!"

"내 잠재능력은 얼마나 굉장한 거야."

"사이토의 존재는 법으로 규제해야 한다고!"

"세계의 적이라…… 좋다."

사이토는 좀 두근거렸다.

만물을 붕괴시키는 파괴의 권화가 되고 싶다. 전 세계 법적 기구에 쫓기는 신세가 되고 싶다. 한 번쯤은 그런 꿈을 꾸는 것이 소년이라는 존재다.

시세이는 명탐정 같은 눈빛으로 사이토와 아카네를 바라보았다.

"하지만 아카네가 오빠 셔츠 가슴팍을 쥐고 있었어. 이건 아무리 봐도 키스 준비 행위."

"아, 아니야! 그건……! 사이토를 업어치기 하려고 했던 거야!"

"그랬어?!"

설마 그런 긴박한 상황이었을 줄은 미처 몰랐던 사이토는 충격을 받았다.

아카네가 어깨를 곤두세웠다.

"그래! 시세이가 말리지 않았더라면 지금쯤 넌 바닥에 파묻혀 있었을 거야! 머리부터!"

"그 정도 위력으로?!"

"내가 진심을 드러낸다면 넌 순식간에 마그마의 바닥이야!"

"인간의 완력을 넘어섰잖아!"

사이토는 전속력으로 아카네와 거리를 벌렸다.

역시 이 집에서는 찰나의 방심이 목숨을 잃게 만든다. 아카네를 귀엽게 느낀다는 둥, 좋아하는 것이 아닌가 하는 말도 안 되는 생각을 할 때가 아니었다. 첫째도 생명. 둘째도 생명이다. 사이토는 아직 이승에 미련이 많았다.

시세이가 스마트폰 카메라를 향했다.

"시세는 안 말려. 그대로 계속해…… 키스라는 이름의 엎어치기를."

"사진 찍을 생각이지?!"

"동영상을 전 세계에 방송할 거야."

"너무 잔인해서 문제시될 거야!"

"너무 잔인한 짓을 나한테 하지 마!"

"그럼 누구한테 해야 하는데?!"

"아무한테도 하지 마! 평화롭게 살라고!"

사이토는 아카네에게 더더욱 거리를 벌렸다.

온몸을 지배하는 것은 순수한 두려움이다.

드래곤을 좋아하고 있다고 생각한 것은 분명 착각이다. 애초에 오랜 천적에게 연애 감정을 품을 리가 없지 않은가.

──기분 탓…… 이겠지?

새빨갛게 달아올라 손을 휘두르는 아카네를 바라보며, 사이토는 자신에게 그렇게 물었다.

기분 탓이라고 생각하지만, 애매한 채로 놔두는 것도 마음에 들지 않았다. 합리주의인 사이토는 삼라만상을 분석할 수 있었고, 그래야만 했다.

점심시간, 사이토는 고등학교 도서실에서 연애 감정에 대한 조사를 시작했다.

심리학 자료와 생물학, 문화인류학 책, 연애소설, 사춘기 심신 메커니즘에 관해 쓴 책까지 모아 큰 책상에 수북이 쌓아나갔다.

이 안에서 조금의 단서라도 발견될지 모른다는 기대감을 품고 읽어 나갔지만…… 역시 잘 모르겠다.

어떤 전문서라도 독학으로 읽을 수 있는 사이토였지만, 이것만큼은 도무지 감이 잡히지 않았다. 마치 생태가 다른 외계인의 언어로 쓰인 책을 읽는 것 같았다.

사이토가 어찌할 바를 모르고 있자 등 뒤에서 기운 넘치는 목소리가 들려왔다.

"사이토 군♪ 뭐 하는 거야?"

뒤에서 안아오며 목에 팔을 감는다. 사이토의 뺨에 히마리의 서늘한 뺨이 달라붙으며 사이토의 등에 부드러운 언덕이 짓눌렸다.

"갑자기 껴안지 마."

"그럼 갑자기 하지 않으면 괜찮은 거야?"

놀리듯이 물어보는 히마리.

"그런 뜻이 아니야."

"알았어! 다음부터 '안는다'고 말한 다음에 안을게!"

"대체 뭘 알았다는 거야!"

사이토의 귓가를 야릇한 목소리가 간지럽혔다.

"키스한다고 말한 뒤엔 키스도 해도 돼?"

"될 리가 없잖아!"

말하는 동안에도 히마리는 사이토에게서 떨어지지 않았다. 어른스러운 향수 냄새가 옮을 정도로 바싹 몸을 붙이고 비벼온다. 신성한 도서실과는 어울리지 않는 감촉에 사이토는 체온이 올라가는 것을 느꼈다.

책상에 놓인 책 제목을 히마리가 읽었다.

"'첫 사춘기 매뉴얼'……? 사이토 군, 드디어 사춘기가 온 거야?!"

"한참 전에 이미 왔어!"

"하지만 사이토 군은 같이 사는데 아카네를 덮치지도 않고. 내가 스킨십을 잔뜩 하는데도 내 옷을 벗기지도 않잖아……."

"사춘기가 그렇게 무서운 시기인 거야?!"

그 정도면 완전히 강도가 아닌가.

사이토는 부드럽게 히마리의 포옹에서 벗어났다. 언제까지고 이 매혹적인 소녀의 품에 안겨 있다면 정말 만행을 저지를 것 같았다.

"그냥 좀 연애 감정에 대해 알고 싶어서."

"아, 사이토 군은 그런 거 없어 보이긴 하지."

히마리는 사이토 옆 의자에 앉았다.

"알아?"

"그야 당연히 알지. 내가 사이토를 얼마나 보고 있다고 생각해?"

열이 담긴 올곧은 시선을 받자, 사이토는 불편함을 느꼈다.

그 열기를 이해할 수 없는 것이다.

사람들이 저마다 지니고 있는 열, 절대로 떠나지 않으려는 몸부림, 손에 넣으려는 충동. 모든 것이 이해할 수 없었다.

"사람을 좋아한다는 건…… 어떤 느낌이야?"

사이토가 묻자, 히마리는 볼을 붉혔다.

"그걸 나한테 물어봐?! 내가 사이토 군을 좋아한다는 거 잊은 거 아니지?!"

"나는 잊어버리지 않아."

"본인에게 자세히 설명하는 건 굉장히 부끄러운데……."

머뭇거리는 히마리.

"알려줘. 이 세상에 내가 이해할 수 없는 게 있다는 사실을 용납할 수 없어."

"나는 이해할 수 없는 점 투성이인데……."

"연애 문제를 제외하고, 나는 삼라만상을 이해해."

"굉장한 자신감!"

"부탁해. 넌 심리학 전문서도 읽고 있고 인심 장악의 프로잖아. 인간의 마음에 관해서는 누구보다도 잘 알고 있겠지."

사이토는 히마리의 손을 꼭 잡았다.

히마리의 얼굴에 다홍빛이 진해졌다.

"저, 정말~! 어쩔 수 없네, 사이토도 참. 그렇게 부탁받으면 거절할 수가 없잖아."

"고마워."

사이토가 히마리의 손을 놓았다.

히마리는 가슴팍에 손을 모아쥐더니 비난의 눈길을 사이토에게 향했다.

"……사이토 군은 의외로 기둥서방 같은 거 하면 잘 어울릴 것 같아."

"난 평범하게 일하고 싶어."

"그게 아니라. 여자애한테 명령을 잘 내릴 것 같다는 뜻이야."

"나는 경영자가 될 예정이니까 지시하는 기술은 남녀 불문하고 필요해."

"그런 이야기도 아니야! ……뭐, 됐어. 사이토 군이니까♪"

"……?"

뭔가 용서받은 것 같으면서도 바보 취급을 받은 기분이 드는 사이토. 히마리는 유치원생을 바라보듯 다정한 시선을 보내왔다.

히마리가 검지를 입술에 대며 고민했다.

"음, 그러네. 내 경우는 사이토 군의 생각 말고는 아무 생각도 할 수 없게 됐을 때 아아, 좋아하는구나 하고 자각했어."

"그것 때문에 성적이……?"

"수업은 잘 듣고 있어! 사이토 군만 너무 보느라 칠판 내용 적는 걸 깜빡한 적은 있지만."

"……그렇군. 요컨대 개미의 생태를 관찰할 때와 같은 심경인 거구나."

"아닌데?! 어디서 나온 거야, 개미는?!"

"원생생물의 성장을 지켜볼 때와 같은 심경인가……?"

"사이토 군은 원생생물이 아니잖아?!"

"나는 인류야."

"알아! 지금 살짝 걱정되긴 했지만!"

사이토는 히마리 쪽으로 몸을 내밀었다.

"그 밖에는? 연애감정의 증상에는 어떤 특징이 있어?"

히마리는 쓴웃음을 지었다.

"증상이라니, 병이 아닌걸. 음, 사이토 군을 보는 것만으로도 심장이 터질 것 같기도 하고, 다가가기만 해도 숨을 쉴 수 없게 되기도 하고, 밥이 목으로 넘어가지 않게 되기도 해."

"완전히 병이잖아!"

사이토는 경악했다.

"사랑의 병이란 말도 있을 정도니까."

"적어도 생물의 생존과는 반대되는군. 인간이 진화하는데 발생한 버그 같은 건가……."

"병이 든 건 사이토 군 때문이니까 책임져♪"

히마리가 장난스럽게 사이토의 뺨을 쿡쿡 찔렀다.

"어떻게 책임을 져야 하지……?"

"농담이야. 사이토 군은 이상한 곳에서 성실하다니까♪"

키득키득 웃는 모습에 사이토는 불편한 기분이 들었다. 히마리에게 폐를 끼쳤다면 어떻게든 책임지고 싶다고 생각했을 뿐인데.

"그밖에는…… 그래. 좋아하는 사람을 만지고 싶어. 그리고 만져줬으면 해. 사이토의 전부를 갖고 싶고, 나의 전부를 주고 싶어. 둘이 있는 것조차 괴로워서 하나가 되어버리고 싶어. 사이토 군을…… 먹어버리고 싶어."

히마리가 사이토를 잡아먹을 듯이 바라보았다.

그 두 눈에는 온화한 그녀로는 상상조차 할 수 없을 정도의 불꽃이, 욕망의 덩어리가 깃들어 있었다. 포식수의 시야에 사로잡혀 버린 감각에 사이토는 꼼짝도 할 수 없었다.

"이런 느낌일까? 사랑이 뭔지 좀 알았어?"

"……아니. 미안."

모처럼 설명을 열심히 해줬는데, 사이토는 그 심정을 알 수 없었다. 말의 표면적인 의미는 알지만, 실감할 수가 없는 것이다.

히마리가 답답한 듯 머리를 쓸어올렸다.

"그러니까…… 이런 거야."

"……어?!"

히마리의 입술이 사이토의 입술에 닿았다.

촉촉하고 부드럽고 사랑스러운 감촉.

윤기 나는 피부에서 풍기는, 남자를 취하게 하는 달콤한 향기.

긴 속눈썹이 사이토 가까이에서 괴롭게 내려가 있다.

히마리의 손이 사이토의 뺨을 안았고, 긴 팔은 사이토의 등을 감쌌다. 놓치지 않으려는 듯 강하게 옭아매며 아름다운 소녀가 사이토를 탐했다.

그녀에게 전부 다 잡아먹힐 것 같던 사이토는 숨을 멈췄다.

긴 키스 끝에 히마리는 사이토에게서 입술을 뗐다.

주변 학생들이 웅성거리고 있지만 신경 쓸 여유는 없다. 자신이 도서실에 있다는 것도 잊고 있었다.

그것은, 사이토가 너무나도 쓸쓸한 눈빛을 하고 있었기 때문이다. 열여덟임에도 사랑조차 모르는, 그의 안쪽에 뻥 뚫린 틈을 조금이라도 메워주고 싶은 충동을 참을 수 없었다.

"어때……. 사이토 군……?"

히마리가 조심스레 물었다.

"어떠냐고 물어도……."

하지만 사이토는 채워진 기색이 없다.

말로 전달되지 않는다면 몸으로 전하고 싶었는데, 아무것도 전달되지 않았다.

사이토는 그저 공허한 눈을 하고 거기에 있다. 바닥이 보이지 않을 정도의 심연이 그의 내면 깊숙이 펼쳐져 있었다.

히마리는 가슴이 아팠다.

"……사이토 군의 틈은 내가 생각했던 것보다 더 큰가 봐."

"틈? 무슨 얘기야?"

의아해하는 사이토.

역시 그는 자각하지 못하고 있다.

"사이토 군이 갖고 있지 않은 것. 갖고 싶어 하는 거야."

"잘 모르겠지만, 나는 매일 즐겁게 살고 있어."

"그렇다면 어째서……."

넌 그렇게 굶주린 눈동자를 갖고 있는 것일까.

히마리는 목구멍까지 나오려던 물음을 꾹 참았다.

깨닫지 못한 기아감을 그에게 깨닫게 하는 것은 옳은 일인가. 만약 그것을 히마리가 채워주지 못했을 때, 그는 어떻게 될 것인가. 그렇게 생각하면 안이하게 발을 들일 수는 없었다.

——내가 겁이 많은 편인가.

사이토가 망가지는 것이 무서워서 사실대로 말하지 못하겠다. 만약 히마리가 아닌 아카네였다면 앞뒤 생각 없이 전력으로 달려들었을지도 모르지만.

"그런데 왜 갑자기 연애에 대해 알아보기 시작했어? 좋아하는 사람이라도 생겼어? 혹시 사랑일까 싶은 생각이라도 들었어?"

어두운 분위기와 화제를 바꾸려고 히마리는 농담 삼아 물었다.

"아니…… 그런 건 아닌데."

사이토는 민망한 얼굴로 뺨을 긁적였다.

"아, 생긴 거 맞네! 누구, 누구? 내가 아는 애?"

"그러니까 아니라고 하잖아. 신경 쓰지 마."

얼버무리는 사이토, 하지만 히마리는 알고 말았다.

그를 바꾼 것은……. 자신이 아주 좋아하는 절친이다.

방과 후 아카네는 히마리와 나란히 교실을 나섰다.

"히마리, 오늘 시간 있어? 오랜만에 카페라도 들렀다 가지 않을래?"

"음…… 응. 어쩔까……."

어째서인지 히마리의 표정은 시큰둥하고 대답은 애매했다. 지나가는 학생들에 대한 인사도 평소와 달리 건성이다.

"무슨 일이야? 뭐 안 좋은 일이라도 있었어?"

"……."

아카네의 물음에도 대답은 없다.

"히마리……? 혹시 내가 뭐 실수한 거야?"

걱정이 된 아카네가 얼굴을 들여다보자, 히마리는 한숨을 내쉬었다.

"아카네는 잘못 없어. 그냥 좀 치사하다고 생각했을 뿐이야. 아니…… 굉장히 치사해."

"어……?"

걸음을 멈추는 아카네.

"사이토 군과의 관계. 아무리 노력해도 난 아카네를 따라잡을 수 없어. 아카네가 너무 유리하니까."

"그렇지 않아! 나는 히마리와 달리 교제도 서투르고, 사이토와 잘 지내는 방법도 모르고, 히마리처럼 귀엽지도 않잖아!"

압도적인 스펙 차이. 스스로 말한 것임에도 풀이 죽었다.

"……하지만 사이토 군과 살고 있잖아."

"그건……."

"역시 매일 같이 있는 건 무시할 수 없는 메리트야. 단순 접촉 효과가 있으니까 거리 좁히기도 쉽고. 열심히 말을 걸지 않아도 수다를 떨 수 있으니까, 싫어도 상대를 알게 되고."

"미안해……."

아카네는 마루를 바라보았다. 오랜 시간이 지나면서 무수한 상처가 스며든 바닥. 학생들의 밑창에 의해 깎여나가 목재가 닳아 버렸다.

고개를 드는 것이 무서웠다. 히마리가 어떤 표정을 짓고 있는지 확인하는 것이 두렵다.

서로 사랑의 라이벌을 선언한 것은 좋지만, 강제로 결혼한 자신은 핸디캡을 너무 많이 받았다. 대체 어디가 라이벌이라는 것인가.

"딱히…… 사과하라는 게 아니야. 다만 오늘은…… 미안해."

달려가는 히마리의 발소리가 허망하게 귓불을 울렸다.

멈춰 세울 말이 없는 아카네는 그저 입술을 깨물고 서 있을 수밖에 없었다.

같은 상대를 좋아하지 않았다면 이렇게 되지 않았을 텐데.

자신이 사이토에게 끌리지 않았다면 히마리의 사랑을 온 힘을 다해 응원해 줄 수 있었을 텐데.

하지만 굳이 수라장의 길을 택한 것은 바로 아카네 자신이었다.

아카네는 느릿느릿 고개를 들고 친한 친구가 없어진 복도를 걸었다.

현관을 나서자, 검은 리무진 옆에 사이토의 고모인 레이코가 서 있었다.

심장이 철렁한 아카네.

레이코가 자신을 좋아하지 않다는 것은 지금까지의 대응만 봐도 알 수 있었다. 왜 레이코가 아카네를 싫어하는지도 이제는 알고 있다.

"아, 안녕하세요……."

아카네가 인사하고 떠나려 하자 레이코가 길을 막았다. 팔짱을 낀 채 아름답게 서서, 윤기 나는 검은 머리를 휘날리며 아카네를 응시한다.

"너한테 할 얘기가 있어. 잠깐 와줄 수 있을까?"

대답할 틈도 상황을 이해할 틈도 없었다. 이유를 막론하고 리무진 안으로 끌려가 그대로 학교에서 벗어난다.

——어?! 뭐야?! 유괴?!

자신은 호조 가문이 보유한 외딴섬에 끌려가 버려지는 것인가. 아니면 호조 그룹의 연구소에서 흔적도 없이 사라지는 것인가.

아카네가 가방을 껴안고 떨고 있는데 맞은편 자리에서 레이코가 빙긋 웃었다.

"겁먹지 않아도 괜찮단다. 그렇게 쉽게 죽이지는 않아."

"저 여기서 내릴래요!"

아카네는 차 안에서 뛰쳐나가려고 했지만, 문에는 자물쇠가 잠겨 있었다.

레이코는 무릎에 한쪽 턱을 괴고 키득키득 웃는다.

"어머나, 못 말리는 애구나. 달리는 차에서 뛰어내리면 정말 죽을 텐데? 난 죽이지 않겠다고 했잖아."

"하지만 죽는 것보다 더 괴로운 일을 당하겠죠?!"

"법이 까다로운 요즘 시대에 그럴 수 있겠니. 예전 같으면 호조 가문에 방해가 되는 인간은 일단 바다에 가라앉히고 봤을 텐데."

온화한 표정이지만 레이코는 농담하는 눈이 아니다. 진심 어린 눈이다.

"호조가는 대체 정체가 뭐죠……?"

"신이야."

변함없이 진심 어린 눈.

"아, 아하, 신……."

"상당히 수상쩍다는 눈빛이구나."

"수상쩍다고 생각하진 않았어요……."

검은색으로 칠한 리무진으로 여고생을 연행하는 신을 자칭하는 상대에 대한 적절한 반응이 달리 떠오르지 않았다. 빨리 돌아가고 싶다. 이 수수께끼 공간에서 해방되고 싶다.

"신이라고 해도 서양에서 말하는 조물주는 아니야. 신들이라고 부르는 게 정확할까? 옛날에는 귀신이라고도 불렸는데 귀신과 신의 경계는 애매해서. 요컨대 너희들 평범한 인간과는 다른 존재라는 거야."

아카네는 레이코가 말하고 싶은 내용을 알아차리고 말았다.

"그러니까 사이토에게 전 어울리지 않는다는 건가요?"

"그것도 포함해서, 오늘은 너와 제대로 이야기하고 싶어."

레이코는 차창을 바라보고 입을 다물었다.

대화라는 이름의 고문장에 끌려가리라 생각했는데, 그렇지 않았다.

리무진이 멈추고 안내받은 곳은 고급 호텔 1층에 있는 카페.

아카네나 히마리가 하굣길에 들르는 저렴한 가게와는 달리 샹들리에나 스테인드글라스가 호화롭게 장식된 인테리어. 고풍스러운 테이블 사이를 은쟁반을 든 점원이 경쾌하게 걸어 다녔다.

테이블 위에는 금테 컵과 받침이 놓여있고 격조 높은 홍

차향이 풍겨온다. 손님들도 고급스러운 옷을 입은 어른들 뿐이고, 교복 차림의 아카네와는 어울리지 않았다. 한편 레이코는 정장도 완벽했고 위화감 없는 경영자의 풍격이 느껴졌다.

얼마 전 사이토의 부모가 아카네와의 동거를 끝내게 하려고 했던 것은 레이코의 계략이었다. 그 속사정도 아카네는 시세이에게 들어서 알고 있었다. 사이토에게는 비밀로 해달라는 요청이 있었지만.

사이토를 아카네에게서 강제로 떼어내려고 할 정도로, 레이코는 아카네를 눈엣가시로 여기고 있다.

그런 상대와 대치하며 아카네가 긴장하고 있는데 레이코가 고개를 숙였다.

"일단 사과할게. 저번에는 미안했어. 수단을 택할 여유가 없었다고는 해도 오빠 부부까지 이용한 건 무모했어."

"어⋯⋯."

설마 레이코에게서 그런 말이 나올 줄은 몰랐던 아카네는 눈을 동그랗게 떴다. 이 절대 여왕 같은 사람이 자기 잘못을 인정하기도 하는구나.

"왜 그래? 이상한 얼굴을 하고."

"아뇨⋯⋯ 예상 밖이라서요."

"나도 사과할 때는 해. 특히 그것이 목적을 위해 필요한 거라면 더더욱 말이지."

"목적……."

레이코의 목적이란 도대체 무엇일까.

"나한테 화 안 내? 그 바보 같은 오빠한테 한 것처럼 때려도 되는데?"

레이코는 테이블에 몸을 내밀며 아카네에게 뺨을 향했다.

윤기 있게 칠해진 입술, 빈틈없이 그려진 눈썹. 강한 눈동자에 온순함은 없고 검게 타오르고 있다. 잠자코 공격을 받아들일 타입으로는 보이지 않았다.

그것은 아마 아카네와 똑같다.

레이코는 닮았다. 성품이 강한 점도, 목적을 위해서는 비정해질 수 있는 점도, 그리고…… 사이토를 소중히 생각하는 점도.

"저에게 사과하기보단 사이토에게 사과해 주세요. 그 일로 가장 상처받은 건 제가 아니라 사이토일 테니까요."

레이코는 괴로운 듯 얼굴을 일그러뜨렸다.

"내가 오빠 부부를 부추겼다는 거, 넌 사이토에게 말하지 않았지? 어째서?"

"레이코 씨는 사이토 편이니까요. 더 이상 사이토가 자신의 편을 잃지 않았으면 좋겠어요."

옛날부터 보호자, 부모 대신이었던 존재와 사이토가 서로 으르렁거리지 않았으면 좋겠다. 아카네가 원인이 되어 싸움이 일어나는 일은 더더욱 있어서는 안 된다.

"그럼 내가 사이토 군에게 사과할 수 없다는 것도 알겠지?"

"네…… 뭐."

사실을 다 밝히고 사과하면 레이코의 죄책감은 줄어들지 모르지만, 사이토는 충격을 받을 것이다.

사이토를 생각한다면 레이코는 앞으로 계속 그 죄책감을 짊어지고 가야 하겠지. 그것은 죄의 벌이라고 하기에는 너무 무겁다.

레이코는 중얼거렸다.

"……난 말이지. 널 싫어하는 게 아니야."

"그, 그런가요?"

아카네는 의외라고 생각했다.

"그래, 오히려 너와는 나와 닮은 무언가가 느껴져. 만약 단순한 딸의 친구로서 널 알게 되었고, 네가 사이토 군이 아닌 남자아이를 좋아했다면 난 응원해 줬을 거란다. 하지만 현실은 다르지."

레이코는 정면에서 아카네를 바라보았다.

"나는 무엇보다도 딸의 행복을 우선하고 있어. 시세이가 슬퍼하는 건 보고 싶지 않아. 도저히 보고 있을 수가 없어. 그 애는 줄곧, 줄곧, 내가 배 아파 낳은 그 순간부터 사이토만 바라보고 있었으니까."

"……."

아카네는 할 말을 찾지 못했다.

시세이를 향한 레이코의 사랑이 전해졌기에. 언제나처럼 적의를 드러내는 것이 아니라, 레이코가 자신의 감정을 솔직하게 드러내고 있음을 알아차린 것이다.

"부모를 대신하는 존재로서 사이토 군도 행복했으면 좋겠어. 태어날 때부터 사이토 군 곁에 있던 시세이라면 그렇게 해 줄 수 있어. 그 아이는 자신의 감정보다 사이토 군을 우선시하고, 인간의 행복을 계산하고 구축하는 능력도 있지. 싸우기만 하는 너와는 달리 말이야."

"요즘은 싸움도 줄어들고 있어요. 서로 양보해서……."

레이코는 어깨를 으쓱한다.

"양보? 서로 무리하는 게 아니고? 정말 맺어져야 할 두 사람이라면 만나자마자 운명을 느낄 정도로 궁합이 잘 맞았겠지. 싸움이 일어날 리가 없어."

푹, 말이 비수가 되어 아카네의 가슴에 박혔다.

그것은 평소에도, 자신도 느끼던 것이다.

시세이뿐만 아니라 히마리나 마호, 있는 그대로의 모습으로 사이토와 사이좋게 지낼 수 있는 아이들이 사이토와 어울리지 않을까. 자신처럼 서투른 인간은 사이토를 행복하게 해 줄 수 없지 않을까.

그런 자각이 있었기에, 더 아팠다.

"레, 레이코 씨는, 처음부터 남편과 사이가 좋으셨나요?"

아카네가 저도 모르게 그런 질문을 하자, 레이코가 흠칫 놀랐다.

"그건…… 처음에는 싸움만 하긴 했지만."

"그렇다면 레이코 씨도 남 말하실 입장은 아니라고 생각해요."

노려보는 아카네를 레이코가 받아쳤다.

"하지만 우리는 우리만의 노력으로 벽을 넘어섰어. 너처럼 주변에서 상을 다 차려준 게 아니야. 그 집안과 이 결혼이 없었다면 네가 살면서 사이토 군과 맺어질 일이 있기나 했을까?"

그렇다.

조부모의 고집이라고는 하나, 강제로 결혼하지 않았더라면 아카네는 사이토에 대한 연정을 눈치채지도 못했을 것이다.

왜 사이토를 신경 쓰는지조차 모른 채 계속 다투기만 하다가, 고등학교를 졸업하면서 그 인연마저 사라졌겠지. 평생 알 수 없는 정체불명의 상실감을 안고. 그런 삶은 상상만으로도 무섭다.

레이코가 테이블 위에서 턱을 괴고 조용히 미소 지었다.

"어때. 한번 스타트라인을 리셋하지 않을래?"

"스타트라인……?"

"그래, 네가 서 있는 위치는 우리 아이에 비해 너무 유리해. 너희 할머니 대신 내가 학비를 대줄 테니까 사이토와 헤어지는 게 어때?"

"저는……."

혀뿌리가 말라붙어 아카네는 소리가 잘 나오지 않았다.

"학비뿐만 아니라 생활비도 내줄게. 해외 메디컬스쿨도 보내줄게. 우리와 연결된 연구소나 큰 병원에 추천해 줄 수도 있어. 물론 아버님이나 관공서 처리도 다 이쪽에서 해둘게. 어때, 나쁜 얘기는 아니지?"

레이코가 긴 검지로 아카네의 턱을 들며 속삭였다.

새빨간 루즈가 자리한 입술에서 달콤한 유혹이 넘쳐흘렀다. 철혈의 의지가 담긴 눈동자가 사냥감을 사로잡는 뱀처럼 아카네를 응시했다.

"학비 따윈 필요 없어요!"

아카네는 레이코의 손을 뿌리쳤다.

"이상하구나. 넌 의대에 갈 학비를 마련하기 위해 결혼을 승낙한 거 아니니? 네 꿈을 위해서라면 뭐든지 하는 아이잖아?"

"여기서 학비 때문에 헤어지면 사이토 부모님이랑 똑같아요. 돈 때문에 사이토를 파는 짓은 저는 못 해요."

레이코가 미소를 지었다.

"누가 들으면 오해하겠네. 이건 그냥 민폐 비용이야. 네가 이쪽의 요구를 받아들여 주면 그 대가로 손해를 보상하겠다는 것뿐."

"대가라든가 손해라든가, 그런 말은…… 듣고 싶지 않아요."

마치 사이토가 물건처럼 들리지 않는가.

서로의 상처를 주고받으며 가까워진 두 사람이 쌓아온 시간은 그런 무미건조한 것이 아니었다.

레이코는 초조하게 머리를 쓸어올렸다.

"그럼 어쩌라는 거야. 더 이상 내가 낼 수 있는 카드는 없어. 넌 대체 뭘 원하는 거니?"

"아무것도, 필요 없어요. ……하지만 레이코 씨가 무슨 말씀을 하시는지는 알겠어요. 그러니까 조금만…… 시간을 주세요. 제대로 생각해 볼 테니까요."

아카네는 어금니를 깨물었다.

아카네가 만든 저녁 식사를 마친 사이토는 조용히 손을 모았다.

"잘 먹었습니다. 오늘 저녁도 맛있었어."

결혼 초에는 칭찬을 제대로 할 줄 몰랐던 그도 이제는 제대로 감사를 표하게 되었다. 차곡차곡 테이블에서 그릇을 모아 싱크대로 옮겨 씻기 시작한다.

"아, 나도 도와줄게."

아카네가 일어서려 하자 사이토가 어깨를 으쓱했다.

"이 정도는 금방 끝나. 너 피곤한 것 같으니까 목욕하고 일찍 자."

"어떻게…… 피곤한 걸……."

"알지. 매일 널 보고 있으니까."

"……."

아카네는 가슴팍에 손을 꼭 그러모았다.

사이토의 다정한 말이 가슴 속을 촉촉하게 녹였다.

맞아, 그는 상냥하다.

학교에서만 관계가 있었을 때는 눈치채지 못했다. 이기적인 왕자님인 줄 알았는데 같이 살면 싫어도 알 수밖에 없다.

사이토는 소탈해 보이지만 실은 세세한 부분까지 타인을 잘 관찰해 그 변화에 신경을 써준다.

아카네는 입을 삐죽였다.

"나, 나는 그런 단순한 사람이 아니야."

"꽤 단순해."

설거지하는 사이토를 테이블에서 바라보았다.

귀찮아하면서도 성실하게 하면 집안일도 잘하고 효율적으로 진행한다. 더러워진 식기가 순식간에 줄어들었다.

중간에 하다가 질렸는지 손가락 고리로 거대한 비눗방울을 만들며 노는 게 좀 유치하지만 귀엽다. 학년 제일의 천재라고는 생각되지 않는 모습이다.

──역시…… 떠나고 싶지 않아.

아카네는 느꼈다.

이렇게 둘이 보내는 시간은 무엇보다 행복하고 만족스러웠다.

확실히 싸움은 끊이지 않지만, 알게 되었을 때의 기쁨도 크다. 일상생활에서 사이토를 알면 알수록 그에게 끌렸다.

하지만 내가 교활하다는 것도 이해한다.

"……사이토. 만약 할머니 할아버지한테 강요받지 않았다면…… 넌 나와 결혼했을 거라고 생각해?"

사이토는 접시의 거품을 물로 씻으며 대답했다.

"그럴 리가 있겠어? 계속 싸우기만 했는데."

"그렇지……. 그럴 리가, 없겠지……."

예상대로의 대답이었지만 아카네의 가슴은 삐걱댔다.

"만약 내가 사라진다면…… 어쩔 거야?"

"경찰에 수색 요청을 하겠지?"

"그게 아니라. 있는 곳은 알지만 내가 돌아오지 않으면 어쩔 거냐고."

"거처를 알면 문제없잖아. 프로틴을 마시면서 게임이나 하고 있지 뭐."

"그런 것도 아니야! 그러니까, 내 말은……."

필사적으로 전하려는 아카네의 모습에, 사이토가 다가왔다.

"괜찮아?"

사이토를 물끄러미 바라보았다.

"어, 무슨 일이야? 여행이라도 가려고?"

평소와 다른 분위기에 사이토는 당황했다.

"……이거."

아카네가 초록색 종이를 사이토에게 내밀었다.

이혼 신고서. 이미 아카네의 이름은 적혀 있었다.

"뭐……?"

뇌가 미처 따라가질 못했다. 머리 회전 속도에는 누구보다 자신이 있는데, 지금 대체 무슨 일이 일어나고 있는지 알 수 없었다.

"이혼하자."

갈라진 목소리로 아카네가 속삭였다.

"어, 어째서?"

"그게 옳은 일이니까."

"옳다니……?"

"애초에 좋아하지도 않는 상대와 결혼하는 것부터가 이상했어. 본인이 좋아하는 사람과 결혼하지 않으면 긴 인생을 망치게 될 거야."

"이제 와서 무슨 소릴……. 너도 꿈을 위해 연애는 포기한다고, 할머니나 할배 결정에 따르기로 한 거잖아? 멋대로 헤어지면 둘 다 꿈을 이룰 수 없게 된다고."

고개를 숙이는 아카네.

"내 고집 때문이니까 할머니한테 학비를 못 받게 되는 건 어쩔 수 없어. 사이토에 대해서는, 내가 할아버지께 잘 이야기해서, 최대한 사과드리고, 어떻게든 해달라고 할게."

"나는…… 그런 건 원하지 않아."

그렇다면 무엇을 원하는가.

그것도 모르겠다.

배에서 정체불명의 초조함이 치밀어 오르고, 온몸에서 힘이 빠지는 듯한 느낌이 들었다. 목소리도 몸도 떨려왔다.

왜 자신은 이렇게 동요하고 있는 것일까.

"좋아하는 녀석이라도…… 생긴 거야?"

"……."

아카네는 뺨을 붉게 물들였다. 말없이 눈을 돌리고 무릎 위에서 손을 꼭 잡는다.

아무래도, 정곡인가 보다.

아카네의 외모는 귀엽고, 알고 보면 성격도 귀엽다. 분명 상대방도 아카네를 좋아하게 될 것이다.

하긴, 그런 삶을 살 수 있다면 학비 때문에 굳이 싫어하는 남자와 결혼해 하루하루를 불편한 마음으로 살아가는 것은 잘못된 일이다.

아카네의 판단은 옳다.

옳은 것이다.

"……그렇구나. 네가 결정했다면 그걸로 된 거 아니야?"

"괘, 괜찮아……? 사이토는…… 내가 없어도……?"

매달리듯 아카네가 되물었다.

사이토에게 거부당할지도 모른다는 두려움 때문이겠지. 이혼은 한쪽만의 의사로는 할 수 없고, 합의가 안 되면 재판이 필요하다. 그렇게 되면 아카네는 좋아하는 상대와 편하게 연애할 수 없을 것이다.

"마음대로 해."

사이토는 모든 것이 아무래도 상관없게 느껴졌다.

떠나는 자는 쫓지 않는다. 특정한 인간에게 집착하지 않는다. 그것이 사이토의 신념이다.

초등학교 때 반 아이들이 떨어져 나갔을 때도 사이토는 스스로 교우관계를 얻으려 하지 않았다. 타인이 필요하지 않았기 때문이다.

사이토는 뭐든지 혼자서 할 수 있다. 다른 사람에게 도움을 받을 필요도, 신경 쓸 필요도 없다. 책이나 게임 속에는 무한한 모험과 놀라움과 즐거움이 있다. 어리석은 인간이 오가는 현실 따위 재미없고 무의미한 장난일 뿐이다.

"그럼……."

아카네는 입술을 깨물고 캐리어를 끌고 현관으로 향했다.

현관문을 열고 다시 한번 돌아본다. 무엇인가를 기대하는 얼굴로 사이토를 뚫어지게 바라본다.

"뭐야? 안 가?"

"······갈게. 정말 미안해."

사이토에게 등을 돌리고 아카네가 떠났다.

아카네에게 제대로 사과받은 것은 지금이 처음인 것 같다는 생각이 들었다. 하지만 조금도 기쁘지 않았다.

아카네의 뒷모습에 옛 부모의 모습이 겹쳤다.

어린 사이토를 집에 두고 늘 밤늦게 둘이서만 나가던 부모님.

"아카······."

저도 모르게 사이토는 아카네에게 손을 뻗었지만, 곧 그 손을 다시 되돌렸다.

불러세우다니, 나답지 않다.

모든 것이 시시했다.

사이토는 손안에서 이혼 신고서를 움켜쥐고 현관문을 닫았다.

캐리어를 끌고 본가로 가는 길은 한없이 멀게 느껴졌다.

두 사람의 집에서 멀어질수록 아카네의 발걸음은 무거워졌다. 캄캄한 땅에 삼켜질 것 같았다.

사랑하는 사이토를 위해 자신의 마음을 감추고 이별을 고하는 것은 상상했던 것보다 더 가슴 찢어지는 경험이었다.

이혼 신고서에 이름을 쓸 때도 펜을 몇 번이고 떨어뜨릴 뻔하고 시야가 흔들려 제대로 글씨를 쓸 수 없었다.

사실 이혼 같은 건 하고 싶지 않았다.

사이토를 떠나고 싶지 않았다.

하지만 언제까지나 함께 있을 수는 없었다. 그것은 아카네의 고집이었다.

짙어져 가는 땅거미에 떨림이 일었고, 아카네는 걸음을 재촉했다. 정신을 차리고 보니 주변에 행인들의 모습도 없었다.

아무도 없다. 아카네밖에 없다.

어둑어둑해진 보행자 전용 신호등에서 희미하게 떠오른 사람 마크가 깜박였다.

아카네는 스스로를 재촉하며 횡단보도를 가로질렀다.

어느덧 비가 내리고 있었다.

차가운 방울이 아카네의 뺨을 지나 턱을 타고 내려갔다.

서서히 비가 기세를 더해갔고, 상의를 지나 교복의 어깨를 적셔 갔다.

──춥다.

반지를 잃어버려서 비를 맞았던 날이 떠올랐다.

그때는 사이토가 반지를 찾아주고 우산을 씌워주었다. 그날 밤도 몸은 차가웠지만 둘이 함께 쓴 우산은 따뜻했다.

하지만 지금은…… 자신의 옆에 사이토는 없다.

평소 쓰는 접이식 우산이라면 캐리어 안쪽에 넣어 두었지만, 꺼낼 힘도 없어 아카네는 쏟아지는 비에 몸을 맡겼다.

엉망이 된 앞머리 너머로 오래전부터 변하지 않은 주택가가 일그러져 보였다.

본가 앞에 다다른 아카네는 캐리어에서 열쇠를 꺼냈다. 무심한 금속음이 울리며 잠금이 풀리고 직접 현관문을 열었다.

"어라? 언니?"

거실 쪽에서 얼굴을 내민 마호가 눈을 동그랗게 떴다. 평상복인 미니 티셔츠와 헐렁한 반바지를 입고 막대 아이스를 물고 있었다.

"어? 무슨 일이야?! 놀러 온 거야?! 신난다~! 오늘은 언니랑 피버 타임이야! 아침까지 안 재울 거야, 언니~!"

마호는 총알처럼 돌진해, 아카네에게 달려들었다. 뺨을 비비거나 가슴을 주무르며 호들갑스럽게 그녀를 환영한다.

평소 같으면 동생을 말렸을 텐데, 지금의 아카네에게는 그럴 여유도 없다.

아카네의 두 눈에서 눈물이 뚝뚝 떨어졌다. 여동생 앞에서는 평정심을 가장하고 싶었는데, 감정을 억누를 수가 없었다.

"어, 잠깐, 언니? 진짜 왜 그래? 이제 보니 흠뻑 다 젖었잖아! 무슨 일 있었어?"

마호가 놀라서 아카네의 얼굴을 들여다보았다.

"조금은 붙잡아 줄 줄 알았는데. 나…… 바보네."

아카네는 마른 웃음을 터뜨렸다.

사이토가 그런 걸 해 줄 리가 없는데. 두 사람은 조부모의 힘으로 그 집에서 원치 않게 함께 살게 된 것에 지나지 않는다. 그에게는 연애 감정 따위는 전혀 없고, 아카네가 멋대로 좋아하게 되었을 뿐이다.

"무슨 말이야? 오빠랑 싸우기라도 했어?"

의아한 표정을 짓는 마호에게 아카네는 천천히 고개를 저었다.

"싸움 아니야. 내가 나온 것뿐이야."

"가출? 당분간 우리 집에 머무르겠다는 거야?"

"계속. 나…… 사이토랑 헤어졌어."

"그게 무슨……."

마호가 입을 딱 벌렸다.

아카네는 차가워진 어깨를 으쓱했다.

"말도 안 되는 장난이었어. 고등학생 때 결혼이라니 무슨 소꿉놀이도 아니고. 이걸로 겨우 스트레스 없이 자유롭게 살 수 있어. 아침부터 저녁까지 그 녀석 얼굴을 보지 않아도 되고, 그 녀석이 좋아하는 걸 만들어 주지 않아도 되고, 전부 원래대로……."

무릎이 떨려서 그대로 무너져 내릴 것 같았다. 자신이 두고 온 것의 크기에 가슴속이 도려내지는 것처럼 아팠다.

"거짓말……."

마호가 멍한 얼굴로 중얼거렸다.

"언니…… 오빠를 좋아했었어……?"

"좋아하지 않아. 그런 녀석을 내가 좋아할 리가 없잖아."

정말 좋아하지만.

"그럼 왜 슬퍼하는 거야……."

"슬프지 않아. 나는 그저……."

아카네는 주먹을 불끈 쥐었다. 몸에 힘을 주지 않으면, 이성을 강하게 붙잡고 있지 않으면 또 눈물이 쏟아질 것 같았다.

마호가 아카네의 어깨를 잡았다.

"빨리 돌아가! 지금이라도 늦지 않았으니까, 오빠랑 화해해!"

"안 돼! 나는 사이토를 자유롭게 해 줘야 해! 사이토는 자기가 좋아하는 사람과 결혼해야 한다고!"

"그런 건 아무래도 상관없잖아! 언니는 늘 남에게 사양하고 너무 참기만 해! 좀 더 본인이 하고 싶은 걸 하란 말이야!"

아카네는 마호의 손을 뿌리쳤다.

"하고 싶은 걸 하는 거야. 나는…… 사이토가 행복해졌으면 좋겠어. 그뿐이야."

그러기 위해서라면 자신의 감정 따위는 신경 쓰지 않을 것이다.

"언니……."

마호는 괴로운 얼굴로 눈을 깜박인다.

"후회, 안 해……? 10년 후, 20년 후가 돼서, 그날 뛰쳐나가지 말았어야 했는데, 하고 생각하지 않을까……?"

"후회라면 벌써 하고 있어. 하지만…… 이렇게 할 수밖에 없었어."

아카네는 힘없이 미소 지었다.

그로부터 며칠이 흘러, 아카네의 생활은 결혼 전의 흐름으로 돌아가고 있었다. 처음에는 부모님도 놀랐지만, 아카네가 결정한 일이라면 따르겠노라 하시며 존중해 주었다.

학교에서 돌아오면 집안일을 돕고 저녁을 먹고 자기 방에서 공부한다. 동거인과의 다툼으로 신경을 소비할 일 없는 평온하고 쾌적한 생활. 부모님도 여동생도 자상하고 항상 아카네를 챙겨준다.

계속 이런 날들을 바랐을 텐데.

——지금쯤 사이토는 뭘 하고 있을까.

자기 방 책상에서 허공을 바라보며 아카네는 생각했다.

본가에 있어도 생각하는 것은 사이토에 관한 것뿐. 어느새 자신의 마음은 그에게 물들어 가고 있었다.

"언·니·이♡."

"히익?!"

갑자기 귓가에 속삭이는 마호의 목소리에 아카네가 흠칫 놀랐다.

"정말, 놀라게 하지 좀 마……."

"그치만 언니 심심해 보였는걸. 다른 거 하고 놀자!"

"심심하지 않아. 나는 공부 중이라고."

"전혀 공부 안 하던데. 아까부터 멍한 얼굴로 한숨만 쉬고."

"으……."

마호의 말이 맞았다.

기껏 본가에 돌아와 자신의 시간도 충분히 생겼는데 좀처럼 상태가 돌아오지 않았다. 문제집에도 집중하지 못해 책상에 펼친 노트는 여전히 텅 비어있었다.

"진행이 안 된다면 시간 아까우니까 날 상대해 줘! 우선은 서로의 머리카락 개수를 전부 세는 놀이 하자!"

"그게 더 시간 아까워!"

"아깝지 않아! 솔직히 말하면 머리 세는 척하면서 언니 가슴 만지는 놀이니까!"

손가락을 꿈틀거리며 다가오는 마호.

"성희롱을 미리 들은 이상 안 놀아줄 거야!"

가슴을 감싸며 거리를 벌리는 아카네.

"앗, 뻥이야, 뻥! 가슴은 안 만져! 돈 터치 가슴! 아이엠 진지!"

"그런 어학 실력으로 잘도 해외를 돌아다녔구나……."

"언어는 느낌이니까! 가만히 웃고 있으면 대체로 모두 잘 도와주고 무슨 짓을 해도 용서해 줘!"

"적어도 나는 용서하지 않아!"

"자, 시작할게! 언니의 가슴을 세는 게임!"

"두 개야!"

아카네는 시작과 동시에 게임을 종료시켰다. 사랑하는 여동생이지만 제한 없이 성희롱을 다 받아줄 수는 없다.

응석을 받아주는 것은 여동생 교육에도 좋지 않다.

입술을 삐죽이는 마호.

"언니도 참 리액션이 부족하네. 여기선 짜안! 하고 옷을 터뜨리면서 알몸이 되는 장면이잖아!"

"나는 리액션만으로 옷을 폭발시키는 힘은 없어……."

"나는 있어!"

"굉장하네?!"

"에헤헤~ 언니한테 칭찬받았다~♪"

마호는 밝게 웃으며 아카네에게 매달렸다. 어릴 때부터 익숙한 냄새와 여동생의 피부가 가진 부드러운 열감이 아카네의 몸에 스며들었다.

"……고마워, 마호."

"에엥, 뭐가?"

나 기운 나게 하려고 애써줘서.

유달리 밝은 마호가 곁에 있지 않았다면, 아카네는 하루하루를 울며 지냈을지도 모른다. 그만큼 사이토의 존재는 아카네의 안에서 커져 있었다.

그 졸업 파티 이후로 사이토에 대해서는 늘 신경이 쓰였고, 고등학교에 입학한 뒤에도 라이벌로 삼고 있었지만…… 다채로운 결혼 생활 속에서 돌이킬 수 없을 정도로 마음이 자라나 버린 것이다.

"공부, 좀 더 열심히 해볼게. 마호는 보고 싶은 TV 프로가 있다고 하지 않았어?"

"아, 응. 먼저 거실에 가 있을 테니까! 언니도 공부하다 질리면 와!"

마호는 걱정스러운 얼굴로 아카네의 방을 떠났다.

──동생도 응원해 주는데 더 정신 차려야지.

아카네는 기합을 넣고 참고서를 양손으로 움켜쥐었다.

열심히 머리에서 잡념을 쫓으려 했지만…… 어떻게 해도 사이토의 얼굴이 떠올랐다. 적어도 얄미운 얼굴이라면 좋겠는데, 고열에 시달리던 아카네를 병원까지 데려다줬을 때의 듬직한 얼굴이나, 함께 게임을 하고 있을 때의 즐거운 얼굴이 떠올랐다.

책상 위에서 스마트폰이 진동했다. 히마리에게서 영상 통화가 걸려왔다.

아카네는 가슴이 철렁 내려앉았다.

카페에 초대했다가 거절당했던 날 이후로 히마리와는 대화를 많이 나누지 못했다. 미움을 받아 버린 걸까 싶어 고민하고 있었는데.

아카네는 긴장하면서 스마트폰을 터치해 영상 통화를 받았다.

"저, 저기……."

"미안해, 아카네!"

히마리의 울먹이는 얼굴이 화면에 큼지막하게 잡혔다.

"어, 왜 그래?"

"지난번 일! 아카네를 교활하다고 해서, 그때도 말이 지나쳤다고 생각했는데 도저히 사과의 말이 안 나왔어……. 나 최악이지…… 미안해……."

"……아니. 그렇지 않아. 내가 교활했던 건 사실이고. 나야말로…… 미안해."

아카네는 스마트폰 앞에서 고개를 숙였다.

사랑이란 성가신 것이다. 이유 없이 마음을 흔들고, 오랜 세월 이어져 온 평온한 생활을 어지럽히고, 절친과의 관계도 위기에 처하게 만든다.

"언니! 아직 안 와~? 지금 재미있는 부분이야~!"

방 밖에서 마호의 활기찬 목소리가 들려왔다.

히마리가 화면에 얼굴을 대고 아카네 쪽을 들여다보았다.

"……어? 마호가 놀러 왔어? 뭔가 방의 느낌도 다르네."

"본가에 왔어. 사이토와는 헤어지기로 했거든."

아카네와 히마리 사이에 침묵이 이어졌다.

히마리가 조심스럽게 물었다.

"나 때문……이지?"

"히마리 때문이 아니야. 이건 내가 결정한 거야. 사이토에게도, 히마리에게도, 다른 모든 사람에게도 나는 해야 할 일을 한 거야. 나는 이제 누구에게도 떳떳하지 않고 당당하게 사이토를 좋아할 수 있어. 이렇게 하지 않으면 아무엇도 시작할 수 없어."

말하고 나서 아카네는 알아차렸다.

그래, 사이토와 헤어진 것은 단순한 끝이 아니다.

시작하기 위한 의식인 것이다. 제대로 연애를 거치지도 않고 부부가 되어버린 자신들이 다시 시작하기 위한.

분명 아카네는 실패할 것이다. 사이토가 좋아해 주는 일은 없을 것이다. 하지만 잘 꾸며진 모형정원에 갇힌 채로는 실패할 수조차 없다.

히마리의 시선이 아카네의 손으로 쏠렸다.

"……반지는 안 빼는구나."

"안 뺄 거야. 이건 결혼과는 관계없어. 사이토가 본인의 뜻으로, 직접 일해서, 나를 위해 사준 거니까."

히마리의 시선에서 보호하듯, 아카네는 반지를 살짝 움켜쥐었다.

지금 사이토와의 인연을 느낄 수 있는 것은 이 반지뿐. 이걸 놔버리면 모든 게 없었던 일이 될 것 같아 견딜 수 없었다.

히마리가 아카네의 눈을 바라보았다.

"……고마워."

"히마리 때문에 헤어진 게 아니야."

"나…… 사양하지 않을 거야."

"알아. 나도 사양하지 않았으면 좋겠어."

설사 히마리에게 사이토를 빼앗긴다고 하더라도.

그게 사이토의 뜻이라면. 정정당당하게 싸운 후의 결과라면.

아카네는 받아들일 수밖에 없었다.

"좋아, 오늘도 하루 종일 게임 삼매경이다!"

기상하자마자 사이토는 컨트롤러를 잡고 소파에 털썩 앉았다.

게임의 날카로운 부팅음에 깨어난 뇌수가 저릿하고, 요란한 오프닝 화면에 수면 부족인 안구가 아팠다.

눈을 뜬 지 얼마 안 됐다고 해도 시각은 낮이 지났다. 잠든 것은 아침 11시 정도다.

잔소리 많은 아내가 나간 뒤 정식으로 갖는 혼자만의 삶. 빨리 일어나라고 프라이팬을 땅땅 두들기는 사람도, 아침밥을 제대로 먹으라며 혼을 내는 사람도 없다.

자유.

완전한 자유다.

이 신혼집, 아니 할아버지의 악질 같은 몰카 하우스에는 카메라 같은 게 설치되어 있는 것 같으니 텐류는 이미 상황을 알고 있을지도 모른다. 하지만 별다른 불평은 나오지 않았다. 그래서 사이토는 이 집에 눌러앉기로 했다.

"어느 쪽이든 돌아갈 곳도 없고."

컨트롤러를 조작하면서 중얼거리는 사이토. 귀신 아내가 사라진 뒤로 묘하게 혼잣말이 늘었다.

이제 와서 본가에 가도 부모님은 환영하기는커녕 쫓겨날 뿐이다. 어쩌면 열쇠도 바뀌어 있을지도 모른다.

어쨌든 그 부모님이 살고 있는 본가로 돌아가는 것보다야 이 프리덤 하우스에서 혼자 사는 것이 낫다.

그건 확실하지만.

"뭔가…… 좀 질리네."

사이토는 컨트롤러를 내던지고 소파 등받이에 몸을 기댔다.

몇 년 전부터 기대하다가 발매 당일에 사러 갔던 오픈월드 게임. 여러 의미로 종말을 맞은 세계에서 모험하는 포스트 아포칼립스 계열의 스토리다.

인터넷 리뷰도 극찬 일색인데 어쩐지 재미가 느껴지지 않는다. 적이 보기 흉하다며 그만하라고 화내는 아카네의 눈을 피해 플레이할 때는 그렇게나 재미있었는데.

그것은, 다른 주민이 사라진 이 집이 너무 조용한 탓일까.

인류의 대부분이 소멸한 게임 속 세계와 사이토가 살고 있는 집이 어딘가 이어진 것처럼 느껴졌다.

묘하게 춥다.

게임에 나오는 언데드 계열의 적처럼, 두개골만 남은 존재가 되어 머릿속으로 바람이 통과하는 느낌이었다.

결혼하기 전에는 혼자 게임이나 독서하는 것만으로 만족스러웠는데 뭔가 부족하다. 자신은 대체 어떻게 되어버린 것일까.

사이토가 알 수 없는 탈진감을 느끼고 있는데, 초인종 소리가 울렸다.

"아, 안녕. 사이토 군, 안에 있어⋯⋯?"

스피커에서 흘러나오는 긴장된 목소리.

사이토는 느릿느릿 일어나 거실에서 나와 복도를 걸었다.

현관문을 열자 눈부신 햇빛이 눈가를 스쳤다. 방종해진 사이토에게는 너무나도 푸른 하늘을 등에 업고, 히마리가 서 있었다.

건강한 체형에 딱 붙는 니트 원피스. 축복받은 전신의 굴곡이 두드러져 벌거벗은 것보다 더 대담해 보였다.

원피스는 끈으로 되어 있고 어깨는 드러나 있다. 풍성한 가슴골을 강조하듯 백은의 목걸이가 반짝였다. 아슬아슬한 선까지 잘라낸 밑단에서는 탄력 좋은 허벅지가 고혹적인 매력을 풍기고 있었다.

패션을 잘 모르는 사이토도 한눈에 보기에 기합을 넣은 복장인 것을 알 수 있었다.

"아, 안녕~! 놀러 와 버렸어."

히마리가 웃는 얼굴로 손을 들었다.

"와 버렸다니⋯⋯ 아카네는 없는데?"

"알아. 그래서 온 거야."

"왜……."

"알잖아? 내 마음."

불쑥, 히마리의 얼굴이 사이토의 얼굴에 다가왔다.

긴 속눈썹이 살짝 드리운 눈동자가 사이토를 노려보고 있다. 향기 나는 달콤한 입술이 사이토의 입술에 닿을 정도로 가깝다. 평소엔 온화한 히마리에게서, 사이토가 몸을 돌리는 것도 망설여질 정도의 기백이 느껴졌다.

"사이토 군이 아카네와 헤어진 지금이 기회라고 생각해서 왔어. 지금이라면 사이토 군은 날 볼 수밖에 없을 테니까. 난 원래 최악이잖아."

주먹을 꽉 쥐고 그렇게 말하는 히마리의 무릎이 떨리고 있다. 최악이라고 하면서도 악이 되지 못하는, 순수한 소녀의 결의.

"……들어가도, 괜찮을까?"

"……마음대로 해."

그런 소녀를 멈춰 세울 말을, 사이토는 갖고 있지 않았다.

쫓겨날 것을 두려워하는 사람처럼 히마리가 사이토 옆을 지나 현관으로 뛰어들었다. 사이토가 안내하는 것보다도 먼저 복도를 따라 거실과 일체화된 주방으로 들어갔다.

그 순간, 히마리의 표정이 얼어붙었다.

"사, 사이토 군……? 이 방은 대체……?"

커튼이 쳐진 어두컴컴한 방. 게임 화면이 표시된 TV만이 창백한 빛을 발하고 있었다.

식탁에 깔린 것은 프로틴을 마시기 위한 병, 병, 병. 그것들에 둘러싸인 정중앙엔 종이가 펼쳐져 있고 그 위로 프로틴 가루가 산더미처럼 쌓여 있다.

벽 쪽 바닥에는 빈 컵라면 용기가 쌓인 채 무너질 듯 무너지지 않는 경이로운 균형을 이루며 바벨탑을 만들고 있었다.

소파를 동심원 형태로 둘러싸고 있는 것은 책으로 된 타워. 사이토가 근처 서점에서 긁어모은 동서고금의 예지가 쌓여 천장에 닿을 듯했다.

사이토는 두 팔을 벌리고 미소 지었다.

"어서 와—— 나의 이상을 구현한 공간에."

"이게 사이토 군의 이상?! 인간이 살 수 있는 곳이 아닌데?!"

히마리는 누가 봐도 질색하는 얼굴이었다. 당장이라도 창문으로 도망칠 기세였다.

"실례되는 말이네. 나는 실제로 살고 있어. 이 하나의 방에서 의식주가 완결되는 이상향에서 말이지!"

"음식은 컵라면과 프로틴밖에 없는 것 같은데?!"

"인간에게 필요한 건 그 두 가지뿐이니까. 안심해, 컵라면에 영양제를 넣어 먹고 있으니까. 멀티비타민 미네랄이지!"

"전혀 안심이 안 돼! 영양제는 컵라면에 넣는 게 아니라고!"

사이토가 조용히 물었다.

"누가 정했어?"

"무슨……."

"컵라면에 영양제를 넣지 말라고 누가 정했는데? 사회가? 부모가? 교사가? 아니면 어리석은 민중이?"

"으음…… 누굴까……."

"의미 없어. 주어진 고정관념에 빠지지 마. 무엇이 선하고 무엇이 악한지는 스스로 결정하는 거야. 자기만의 진실을 추구하는 거라고! 이해하지?"

"으, 응……."

뜨겁게 주장하는 사이토의 말에 히마리는 어색하게 고개를 끄덕였다. 어쩔 수 없이 이야기를 맞춰주려는 분위기가 짙다. 약간 겁먹은 기색도 느껴진다.

"사이토 군, 괜찮아……? 뭔가 지친 거 아냐……? 눈 밑의 다크써클도 엄청나……."

"닭? 닭 이야기를 하는 거야? 어느 쪽인가 하면 나는 고양이를 더 좋아해. 그리고 피곤하지도 않아."

"엄청 피곤해 보이는데?! 상태가 이상해! 잘 자고 있어?!"

"그래. 매일 30분은 자. 오늘은 무려 한 시간이나 잤어."

"그건 거의 안 잔 거지!"

"그런 것보다 내 발명품 좀 봐봐."

사이토는 소파 팔걸이에 설치한 호스를 가리켰다.

"발명품……? 뭐야, 이게……?"

"주방 수도꼭지와 연결한 호스야. 이게 있으면 게임 중에 일어나지 않고도 물을 마실 수 있지. 이론상 무한한 플레이가 가능해지는 획기적인 발명이다!"

"정신 차려, 사이토 군! 이런 건 발명이 아니야! 박스테이프로 소파에 붙여놓은 것뿐이잖아! 평소의 멋진 천재로 돌아와!"

히마리는 사이토의 어깨를 잡고 흔들었다. 밤낮으로 게임만 하던 사이토에게는 타격이 큰 행위다.

"그만해…… 머리를 흔들면…… 눈알이 굴러떨어질 것 같아……."

"그렇게 약해진 거야?! 얼마나 영양 부족인 거야?!"

히마리는 황급히 사이토의 어깨에서 손을 뗐다.

"그보다 아무리 이 방에서 물을 무한히 마실 수 있다고 해도, 그…… 화, 화장실에는 가야 하잖아……?"

사이토는 어깨를 으쓱했다.

"하핫, 내 또 다른 획기적인 발명을 보고 싶은 거야? 그렇다면 그렇다고 빨리 말해 주지 그랬……."

"역시 취소! 보고 싶지 않아! 무서워!"

"두려워할 필요 없어. 너도 써볼래?"

"안 써요! 이제 제발 그만해 주세요!"

캐주얼한 말투를 쓰던 히마리가 존댓말을 쓰고 있다. 그녀가 왜 사양하는지 사이토는 이해할 수 없었다.

히마리가 조심스레 물었다.

"사이토 군, 아무리 그래도, 목욕은 하는 거지……?"

"목……욕……?"

"목욕의 존재 자체를 잊지 마!"

"괜찮아, 옷을 입은 채로 들어가고 있어."

"어째서?!"

사이토는 엄지손가락을 척 들어 올렸다.

"빨래도 되고 일석이조잖아?"

"안 돼! 끝나면 다 젖잖아?!"

"그대로 바닥을 구르면 걸레질도 되니 일석삼조지."

"그 이상은 그만해, 사이토 군! 더는 못 듣겠어!"

어째서인지 히마리는 울기 직전이다.

다시 한번 사이토의 이상향을 둘러보고는 심각한 표정으로 손을 입가로 가져갔다.

"이게 바로…… 아내가 도망간 중년 남성의 말로…….”

"잠깐만. 나는 열여덟이야. 도망간 것도 아니고."

자신의 명예를 위해 그것만은 말해 둬야 할 것 같았다. 아카네가 서명된 이혼 서류를 내밀긴 했지만, 아직 사이토는 서명하지 않았다.

"아무리 외롭다고 해도 너무 스스로를 낮잖아!"

"내가 외로울 리가 없잖아. 황금 같은 자취 생활을 만끽하는 중이야. 이런 생활은 옛날과 똑같으니까."

"그건 그거대로 더 슬퍼!"

"슬퍼하지 마. 오히려 기뻐해 줘. 나는 겨우 원점으로…… 아니, 원시로 돌아올 수 있었으니까."

"돌아가지 마, 사이토 군! 21세기에 있어!"

히마리는 사이토를 현대와 이어주고자 매달렸다.

하지만 사이토로서는 문명인으로서의 생활에 미련이 없었다. 이 집을 텐류에게 빼앗기면 초원에서 잡초라도 뜯으며 살아갈 생각이었다.

본가에 가는 것보다는 노숙하는 편이 더 즐겁게 살 수 있을 것이다. 다행히 서바이벌 기술에 대해서는 대충 책으로 봐서 알고 있다. 이제 실천만이 있을 뿐이다.

"혹시 배고프면 저기 있는 프로틴을 마시면 돼. 나는 게임의 세계로 들어갈 테니까."

사이토는 다시 소파에 앉아 게임 컨트롤러를 손에 들었다.

광활한 필드를 달려 적을 발견하고 베고, 적을 발견하고 벤다. 언제 끝날지 모르는 기계적인 작업에 몸을 맡기며 잡념을 차단했다.

그렇지 않으면 쓸데없는 생각이 들 것 같아서. 희미하게 내 안에 굴러다니고 있는 막연한 감정에 잡아먹힐 것 같아

싫었다.

노는 기계가 된 사이토를, 히마리는 옆에 앉아 물끄러미 지켜보았다.

"……사이토 군은 아카네만큼 솔직하지 않네."

"나는 욕망에 충실하게 살고 있어. 지금도 게임을 즐기고 있잖아."

"솔직하지 않다기보단, 눈치채지도 못한 걸까? 천재인데 둔감해. 아니, 아는 게 무서워서 눈을 돌리고 있는 것뿐인가?"

"그러니까 무슨 얘기를……."

사이토가 발끈하여 히마리 쪽을 돌아보자, 그녀의 얼굴이 바싹 다가와 있었다. 부드럽게 녹아내린 눈동자. 사냥감을 노리는 뱀처럼 가늘어진 농익은 그 안쪽에 사이토가 담겨 있었다.

"그렇다면…… 앞으로도 계속 눈치채지 않아도 돼."

히마리가 뜨겁게 속삭이며 사이토에게 올라탔다.

"잠깐…… 야……."

말리는 사이토는 개의치 않고 강제로 입술을 포갰다.

사이토의 머리를 움켜쥐고, 귀에 이빨을 세우고, 목덜미에 코를 문지른다. 사이토를 부수기라도 할 기세로 꼭 끌어안아 왔다.

평소의 온화한 그녀라고는 생각할 수 없을 만큼 난폭한

73

모습.

어느새 두 사람은 소파에서 굴러떨어져 있었다. 게임 컨트롤러는 사이토의 손에서 떨어졌고, 제어를 벗어난 캐릭터가 화면에서 벽에 계속 부딪히고 있다.

히마리는 사이토 위에 올라탄 채로 숨을 거칠게 몰아쉬었다. 벌게진 뺨은 진홍색으로 물들어 있고, 얇고 긴 손가락이 사이토의 가슴팍을 움켜쥐고 있다.

"……도움을 청해봤자 아무도 안 와."

"그건 보통 남자의 대사인데."

"나는 사이토 군에게 구원받았으니까. 사이토 군이 원한다면 뭐든지 할 수 있어. 사이토 군이 웃어준다면, 뭐든지."

히마리가 사이토의 귓가에 입술을 대고 잔뜩 쉰 목소리로 물었다.

"저기…… 사이토 군. 나는 뭘 하면 돼? 어떻게 하면 사이토 군을 도와줄 수 있어?"

사이토는 한숨을 쉬었다.

"난 뭐든지 다 혼자 할 수 있어. 남의 도움 따윈 필요 없어."

"……"

히마리는 슬픈 얼굴로 입술을 다물고 사이토 위에서 몸을 일으켰다.

애초에 그녀가 무슨 말을 하는지 사이토는 알 수 없었다. 이상하게 피곤하고 어지럽다. 아무래도 영양 부족일지도

모른다.

갈증을 풀기 위해 사이토는 프로틴이 든 병에 손을 뻗었다.

"잠깐만."

히마리가 병 위에 손을 얹고 말렸다.

"너도 필요해? 좋아, 나의 신들린 셰이크 테크닉을 보여주지. 유청과 카세인의 흡수율을 한계까지 높인 셰이크, 오늘은 특별히 BCAA도 블렌딩해서."

"필요 없어!"

"필요 없나……."

사이토는 낙심했다. 10년에 걸쳐 연마한 기술이라 상당한 자신이 있는데.

히마리가 황급히 손을 흔들었다.

"아니, 그러니까 필요 없는 건 아니지만 지금은 괜찮다고 할까! 모처럼의 장기는 소중히 간직해 두는 게 좋잖아!"

"장기라니 뭐야?"

사이토는 진지했다.

"이봐, 히마리. 우리의 육체를 구성하고 있는 건 프로틴이야. 아니, 우리 영혼 자체가 프로틴, 세계조차도 프로틴에 의해 성립되고 있다고 해도 무방하지. 즉 프로틴은 삼라만상을 지배하는 태초의 이치이자 우리 인류가 진리를 추구하는 데 있어서……."

"뭔가 종교처럼 된 것 같은데?!"

히마리의 물음을 사이토는 긍정한다.

"프로틴교지. 창시자는 나야. 프로틴과 컵라면 이외의 곡기를 끊으면 깨달음의 경지에 도달할 수 있어."

"정말! 이런 어두운 곳에 갇혀 있으니까, 기분도 어두워지는 거야! 사이토 군, 밖으로 나가자! 밖으로!"

사이토의 손을 잡는 히마리.

"아니, 나에게는 게임과 독서가 바깥세상이야……."

"안 들린다~!"

히마리는 반론을 허락하지 않겠다는 듯 사이토를 끌고 나갔다. 원래부터 튼튼한 건강 체질인 히마리에 반해 고작 한 시간 잤을 뿐인 사이토는 저항할 수 없었다.

현관에서 거리로 나오자 가차 없이 쏟아지는 낮의 태양에 눈이 부셨다. 정체된 거실과는 달리 탁 트인 공기에 오히려 숨쉬기가 힘들었다.

히마리에 의해 끌려간 곳은 학교 근처 상가, 그 중간에 있는 카페였다.

입구는 녹색 문으로 되어 나무 플래카드가 꽂혀 있고, 테라스석에 영국식 테이블과 의자가 놓여있었다.

테라스석에서는 젊은 여성 고객이 마들렌을 즐기면서 홍차를 홀짝이고 있다. 자못 세련된 카페테리아로 사이토가 혼자였다면 발을 들이지 않았을 곳이었다.

"여기는……?"

"내가 일하는 카페야. 오늘은 내가 쏠게!"

"프로틴은 있어?"

"없어! 가끔은 맛있는 차라도 마시면서 좀 쉬어!"

히마리가 문을 열고 카페 안으로 들어갔다.

경쾌한 도어벨 소리가 울리며 매장 안의 시선이 집중됐다. 히마리뿐만 아니라 사이토에게도 점원과 손님들의 거침없는 시선이 파고들었다. 아무도 말을 꺼내려 하지 않고, 움직이지도 않고, 그저 사이토와 히마리의 모습을 살폈다.

──뭐, 뭐야……? 이 공기는……?

집요한 위압감에 사이토는 침을 꿀꺽 삼켰다.

마스터로 보이는 수염 난 얼굴의 남성이 카운터에서 말을 걸어왔다.

"히마리. 혹시, 그 옆에 있는 BOY가……?"

"응♪"

히마리는 웃는 얼굴로 고개를 끄덕였다.

"저게?!" "소문의 그?!" "말도 안 돼!" "근데 뭔가 이해는 된다~!" "히마리답지!" "나한테도 소개해 줘!"

술렁이기 시작하는 손님들. 비싸 보이는 홍차도 방치한 채 사이토 쪽으로 몰려온다.

사이토는 작은 소리로 히마리에게 물었다.

"저 사람들 말, 뭐야……?"

"아, 그게…… 사이토 군에 대해 가게 사람들한테 이것저것 이야기했거든."

히마리가 수줍게 웃었다.

"내 개인 정보를?! 불특정 다수에게 공개했다는 거야?!"

사이토가 흠칫 놀랐다.

"아니, 아니! 그런 건 아니야! 그…… 사이토 군의 멋진 점이라던가, 뭐 그런 거?"

"나에게 멋진 점 따윈 전혀 존재하지 않는데."

"많아! 왜 갑자기 자신감을 잃는 거야?!"

"자신감을 잃지는 않았어. 내 두뇌는 완벽해. 이제 신의 경지에 이르렀어. 하지만 멋짐에 관해서는 은하 최하단이라고 표현해도 과언은 아니야."

"과언이야! 자기평가가 너무 극단적인 거 아냐?!"

히마리가 눈을 부릅떴다.

마스터가 힘차게 사이토의 양손을 움켜쥐었다.

"호조! 너에 관해서는 우리 히마리한테 자주 들었어! 그녀가 부모님과 사이좋게 지낼 수 있게 된 것도 네 덕분이라던데, 정말 고맙다!"

"아니…… 전 특별히 아무것도 안 했는데요."

히마리가 부모와 화해할 수 있었던 것은 그녀가 그것을 원했고, 그러기 위해 움직였기 때문이다.

그런 것보다 사이토는 마스터의 악력으로 손이 뜯겨나 갈 것 같았다. 관절이 삐걱거렸다.

"히마리를 잘 부탁해."

"아, 아아."

"우리에게 히마리는 친딸이나 다름없어. 설사 호조 너라도 히마리를 울린다면 이 아저씨는 가만히 안 있을 거다? 아저씨도 온 힘을 다해 울 거야!"

"우는 건가……."

겉으로 보기엔 완전히 고릴라처럼 보이는 마스터가 통곡하는 모습은 사이토로서는 상상조차 되지 않았다.

"잠깐만 마스터, 그 정도만 해. 사이토 군이 곤란해하잖아."

히마리가 비집고 들어가 사이토를 끌어안듯이 마스터에게서 떼어낸다.

"미안해, 사이토 군. 마스터가 들떠서 그래."

마스터는 팔짱을 끼고 말했다.

"내 딸이 남친을 데려왔는데! 당연히 흥분할 수밖에 없지!"

"사이토 군은 남친이 아니야! 아, 학교에서는 사귀는 걸로 되어 있지만!"

"그렇다면 거의 남친이네! 이미 기정사실도 만든 거겠지?!"

"뭐…… 만들긴, 했지만."

히마리는 뺨을 붉힌 채 양손 집게손가락을 맞댔다.

여성 손님들 사이에서 환호성이 터져 나왔다.

"역시 히마리야!" "제법이네~!" "놓치면 안 된다!" "우리도 모든 수단을 총동원해서 응원할게!" "일단 원하는 부분만 잘라낼 수 있게 녹음해 둘게!"

손님들의 응원이 무섭다. 틈을 보이면 사이토는 사회적 생명을 말살당할 것만 같았다. 그에 비하면 물리적으로 말살할 것 같은 마스터가 그나마 안전해 보였다.

"자, 히마리도 사이토도 앉아. 오늘은 밤새 이야기를 나눠보자고."

마스터의 권유로 사이토는 히마리와 나란히 카운터석에 앉았다.

"뭐, 저도 한가하긴 하니까요. 마스터의 그 암석 같은 근육에 몇 리터의 프로틴이 가득 차 있는지 궁금했어요."

"오, 너도 프로틴 애호가니? 나도 사적인 곳에서는 꽤 마시거든. 매일 프로틴만 마시면서 살려고 하다가 결국 아내한테 혼나기도 했어. 프로틴에는 인생에 필요한 게 모두 갖추어져 있는데 말이야."

"알아요. 저도 삼시세끼 프로틴이 기본이에요."

사이토와 마스터가 서로 고개를 끄덕였다.

'아는' 자들 간의 대화다. 거기에는 나이도 직업도 초월한 유대감이 생겨나고 있었다. 아미노산의 결합이 가져온 기적적인 유대였다.

"후후…… 사이토 군과는 맛있는 프로틴을 마실 수 있을 것 같네. 특별히 우리 가게의 숨은 메뉴 '열정 스페셜 프로틴 믹스'를 만들어 주마."

"그런 숨은 메뉴가 있었어?! 나도 몰랐는데?!"

히마리가 눈을 동그랗게 떴다.

"카페 분위기에 안 맞을 것 같아서 봉인했어. 가게가 문을 닫은 뒤에 가끔 나 혼자 마셨지."

"그럼 숨은 메뉴가 아니라 마스터의 취미 아냐?!"

"후후…… 부정은 하지 않겠어."

"꼭 주문하고 싶어요. 저에게도 그 넥타르를 부디."

사이토 앞에서 마스터가 유유히 셰이커를 꺼내더니 프로틴, 과일, 깨, 페퍼, 원두 등의 재료를 집어넣었다.

사이토는 카운터에서 손을 모으고 꿀꺽 목을 울렸다.

"언뜻 보기엔 무질서해 보이는 재료들인데……."

마스터는 입매를 일그러뜨렸다.

"잘 간파했네. 맞아, 완전한 랜덤이야. 그저 마음 가는 대로, 바람 부는 대로, 적당히 넣고 있어. 말하자면 '프로틴 오코노미야키'지!"

"프로틴 오코노미야키!"

사이토는 벼락을 맞은 느낌이었다.

"그렇군…… 내가 잘못 생각하고 있었나. 프로틴은…… 더 자유로워도 되는 거였어……."

"자, 마셔봐."

마스터가 셰이커의 내용물을 잔에 따라주었다.

다양한 물체가 뒤섞인 수수께끼의 음료. 이것은 애초에 음료가 맞는 것인가. 음료라는 것조차 의심스러워지는 이상한 냄새가 풍겨왔다. 얼굴을 가까이하는 것만으로도 자극이 강했다.

히마리가 조심스레 말했다.

"저기, 무리하지 않아도 괜찮아······."

"무리는 안 해. 내 몸이······ 이 녀석을 원하고 있어."

사이토는 단숨에 잔을 들이켰다.

입안에 넘쳐흐르는 자극, 코까지 역류하는 충격. 맛을 구별하는 것이 불가능한 복잡한 맛이 폭발하면서 에너지 덩어리가 되어 식도로 흘러들었다. 온몸에서 땀이 뿜어져 나오고 심장이 폭주하기 시작했다.

그야말로 프로틴에 의한 파멸의 복음이다.

"어, 어때······? 사이토 군······?"

묻는 히마리.

"맛있는데!"

사이토는 엄지손가락을 세웠다.

"그렇지?!"

마스터도 엄지손가락을 치켜세우며 웃는다.

가게 안 손님들이 사이토와 히마리 주위로 몰려들었다.

"마스터, 혼자 너무 독점하네!" "그런 정체불명의 음료는 그만 마시고 히마리에 관해 얘기해 줘, 호조!" "언제 친해 졌어? 두 사람은 어디서 알게 됐어?"

"평범하게 고등학교에서 알게 됐는데요."

곤혹스러운 사이토. 두 사람은 그저 반 친구다.

"히마리와는 어디까지 갔어?"

"어디까지라고 해도……."

인터뷰를 요청한 여성 고객이 녹음 앱을 실행하고 있었 기에 선뜻 대답하기 어려웠다. 어떤 증거품으로 제출될 것 만 같다.

마스터 못지않게 흥분한 기색의 손님들은 사이토에게 차례차례 질문을 쏟아냈다. 마스터는 차례차례 스페셜 프 로틴 믹스를 완성해 나갔다.

히마리가 사이토에게 몸을 기대며 속삭였다.

"사이토 군, 괜찮아? 너무 시끄러운 곳은 안 좋아하지? 다들 평소에 늘 이렇게 흥분 상태인 건 아닌데……."

"음, 이 가게 분위기는 싫지 않아."

손님들의 거리감이 묘하게 가깝다는 느낌도 들지만, 적 어도 집에 혼자 틀어박혀 있는 것보다는 마음이 편했다. 그 집에는 아카네와의 기억이 너무 배어 있다.

떠들썩한 가게 안에서 손님들과 수다를 떨면서 사이토 는 스마트폰으로 눈길을 향했다.

고요한 스마트폰.

아카네의 연락은 그 후로 한 번도 오지 않았다.

3학년 A반 교실에 들어가려던 아카네는 흠칫 걸음을 멈췄다.

다른 반 아이들은 특별 교실에서 돌아오지 않았는지 안에는 사이토밖에 없다.

아카네 쪽에서 이별을 선언해 버린 이상 사이토와 단둘이 교실에 있는 것은 어색했다. 무슨 말을 해야 할지도 모르겠고, 애초에 자신이 말을 걸어도 좋을지 모르겠다.

사이토는 화가 났을까, 아니면 완전히 아카네에 대한 관심을 잃었을까.

확인하는 것조차 두려워 아카네는 교실에서 뒷걸음질을 쳤다. 다른 학생이 올 때까지 시간을 보내기 위해 복도를 돌아서는데, 계단 앞에 시세이가 서 있었다.

"……왜 오빠를 두고 갔어?"

"어……?"

"오빠한테 들었어. 아카네가 집을 나갔다고."

고요한 기백을 풍기며 천천히 다가오는 시세이. 평소 감정이 비치지 않는 눈동자에 극명한 분노가 배어 있었다.

"시세는 오빠를 아카네에게 맡겼어. 아카네라면 오빠를 행복하게 해 줄 수 있다고 생각했으니까. 하지만 아카네는 배신했어."

"배신한 게 아니야! 나는 사이토가 자유롭게 살았으면 좋겠어. 사이토가 원하는 행복을 얻었으면 좋겠어. 그래서 나갈 수밖에 없었던 거야!"

아카네는 주먹을 꽉 쥐었다.

자신도 사이토와 헤어지고 싶지 않았다. 할 수만 있다면 계속 그의 곁에 있고 싶었다. 하지만 그런 것은 아카네만의 고집일 뿐이다. 사이토에게 도움이 되지 않는 것이다.

시세이가 지척에서 찌르는 듯한 시선으로 올려다보았다.

"오빠가 원하는 행복? 오빠가 아카네에게 나가라고 한 번이라도 말한 적 있어?"

"그건…….."

아카네는 기억을 더듬어 봤지만 좀처럼 떠오르지 않았다.

아무리 격렬한 언쟁을 벌였을 때도 사이토는 이혼하자고 말한 적이 없었다. 오히려 아카네와 화해하기 위해 필사적으로 양보해 왔다.

"없지?"

"하지만 그건…… 내가 나가면 할아버지한테 혼나니까. 겉모습만이라도 같이 있지 않으면 계약 위반이 되니까."

"정말, 그것뿐이야?"

"무슨 뜻이야……?"

아카네는 당황했다. 시세이가 전하려는 말의 의미를 알 수 없었다. 자신이 필사적으로 생각해서 내놓은 결론인데,

왜 비난받아야 하는 것일까.

시세이가 얼굴을 숙였다.

"아카네는 오빠가 제일 싫어하는 짓을 했어."

"지금쯤 사이토는 잘 지내고 있을 거야. 이제 나랑 싸우지 않아도 되고, 하고 싶은 걸 참지 않아도 되니까."

다시 생각해 보면 두 사람의 동거 생활로 인해 사이토에게 꽤 많은 것들을 참게 해 버렸다. 지금이라면 사이토도 아카네의 눈을 신경 쓰지 않고 좋아하는 호러 게임도 편히 할 수 있겠지.

"오빠는 남겨지는 걸 싫어해. 아니…… 오빠는 남겨지는 걸 두려워해."

"하지만 사이토는 말리지 않았는걸."

"정확히는 말리지 못한 거지."

"어째서……?"

아카네의 물음에 돌아오는 답은 없었다.

시세이가 아카네의 코끝에 검지를 들이댔다.

"아카네가 오빠를 필요로 하지 않는다면 시세가 받을 거야. 나중에 돌려달라고 해도 절대 안 돌려줄 거야. 아카네는, 그걸로 괜찮아?"

"……."

아카네는 입술을 깨물었다.

괜찮을 리가 없다. 시세이가 진심을 다해 사이토를 얻으려 한다면 사이토는 결코 아카네를 택하지 않을 것이다.

하지만 사이토가 행복해지려면, 싸움만 하는 아카네와 함께 있는 것보다 마음이 통하는 시세이와 함께 있는 것이 낫다는 것은 누가 봐도 확실했다.

그래서 아카네는 아무 말도 하지 못했다. 말할 자격이 없었다.

시세이와 나눈 대화를 생각하며 아카네는 본가 주방에서 계란을 구웠다.

아직 밤기운이 남아 있는 희미한 어둠 위로 조명을 밝히고, 그릇에 푼 달걀을 팬에 부었다. 단단해지기를 기다렸다가 요리용 젓가락으로 솜씨 좋게 말아 나갔다.

지금까지 수천 번 반복된 작업이니 눈을 감고도 할 수 있었다. 물론 위험하니까 눈을 감지는 않겠지만 이제는 거의 반자동 작업이나 다름없다.

완성된 계란말이를 접시에 식힌 후 도시락에 담았다.

거기에 더해 갈릭 베이컨말이, 커팅 스테이크, 고기 계열 반찬을 템포 좋게 만들어 나가며 늘어놓았다.

"어? 나 오늘 정기 검사 있어서 도시락은 괜찮다고 했잖아? 왜 두 개를 싸?"

마호가 아카네 뒤에서 도시락통을 들여다보았다.

"아……. 늘 2인분을 준비해서 그만……."

아카네는 흠칫 놀랐다. 완전히 무의식에서 나온 행동이었다.

"뭐야, 뭐야? 심지어 이건 내가 좋아하는 게 아니라 오빠가 좋아하는 거잖아? 사랑? 사랑이네~? 오빠한테 가져다주려는 거지?"

마호가 입가에 손을 얹고 히죽히죽 웃었다.

"아, 아니야! 정말 착각한 거야!"

"으음. 언니 얼굴 빨개졌는데♪"

"이건 케첩을 칠해서 그래!"

"어째서?!"

"몰라! 깨닫고 나면 케첩을 온몸에 칠하는 버릇이 있어! 뭐가 나빠?!"

아카네는 발을 구르며 화냈다.

마호를 상대로는 말다툼에서 이길 수 있을 것 같지는 않고, 그렇다고 사랑하는 여동생을 강제로 침묵시킬 수도 없었기에 특히나 더 대처하기 어려웠다.

마호가 한숨을 쉬다.

"그렇구나. 언니가 그렇게까지 말한다면 믿을게."

"다행이네……."

"그럼 계란말이에는 하트 마크를 그려두는 편이 좋지 않을까?"

"왜 그런 결론이 나와! 전혀 안 믿는 거지?!"

설령 사이토에게 줄 도시락이라 해도 하트 마크는 아카네에게 허들이 너무 높았다.

"실수한 거라도 모처럼 만들었으니까, 오빠한테 주는 게 좋지 않을까?"

"무, 무리야! 눈앞에서 쓰레기통에 버려질 게 뻔해!"

"에엥, 오빠는 그런 짓 안 할 것 같은데~. 언니 요리 꽤 마음에 들어 했잖아."

"할 거야! 그 녀석은 그런 극악무도한 녀석이야! 쓰레기통에서 도시락통을 줍는 나를 바라보며 풀코스 프렌치를 먹을 악인이라고!"

"그건 너무 사악한 거 아냐?!"

"사이토는 악이야! 인류의 적이야!"

뺨을 빨갛게 붉히며 주장했지만, 사이토가 그런 남자가 아니라는 것은 잘 알고 있다. 함께 살았던 아카네가 제일 잘 안다. 사이토는 언제나 아카네의 요리를 기대해 주었고, 진심으로 맛있다는 듯이 다 먹어주었다.

"언니도 참 부끄러움이 많구나. 그런 점도 귀엽지만♪"

"부, 부끄러워한 적 없어……."

히죽거리며 웃는 마호의 모습에 아카네는 몸을 움츠린다.

신혼집을 뛰쳐나온 것은 자신인데, 대체 어떤 얼굴로 사이토에게 도시락을 줘야 할까. 사이토는 어떤 반응을 할까. 상상만으로도 위장이 쓰렸다.

마호는 검지를 입가에 대며 궁리했다.

"음, 직접 전달하기 어렵다면 몰래 교실 책상에 넣어두는 건 어때?"

"갑자기 책상에 정체불명의 도시락이 들어있다면 무섭지 않을까?!"

"괜찮아, 괜찮아. 오빠는 적당주의니까 '뭔가 식량이 있네. 럭키. 좋았어, 먹어야지' 하고 먹어줄 거야!"

"아무래도 그렇게까지 대충하지는 않을 것 같은데······."

아카네는 그렇게 말하면서도 확신할 수는 없었다. 사이토는 마당에 자라난 파슬리를 거리낌 없이 먹어 치우는 생물이다. 도시락의 출처를 신경 쓰지 않을 가능성도 충분히 있다.

"언니가 건네주는 게 창피하면 내가 전해 줄게. '마호의 사랑이 듬뿍 담긴 도시락이야♡' 하고."

"그럼 마호가 만든 게 돼 버리잖아!"

아카네가 무심코 외치자, 마호는 얼굴 가득 장난스러운 미소를 지었다.

"에엥? 싫어? 언니는 직접 오빠한테 도시락을 주고 싶어? 그렇겠지, 나한테 오빠를 뺏기는 건 싫겠지? 우후후."

"그, 그런 건 아니지만······."

웅얼거리는 아카네의 모습에 마호가 몸을 꾹꾹 비비적댔다.

"뭐가 다를까아~? 내가 오빠랑 사이좋게 도시락을 같이 나눠 먹어도 괜찮다는 거야아~?"

"그건…… 곤란하지만……."

"거봐, 언니. 그럼 힘내♪"

"으…….'"

마호가 속삭이는 그 말에 아카네는 수치심으로 몸을 떨었다.

4교시가 끝난 후, 아카네는 도시락통을 들고 사이토의 모습을 살폈다.

다른 반 애들이 보는 곳에서는 줄 수 없었다. 그런 것은 너무 부끄럽고, 쓸데없이 소란을 피우면 사이토가 싫어할 것이다. 그렇지만 학교에서 다른 학생들의 눈이 없는 타이밍은 쉽게 찾을 수 없었다.

3학년 A반 교실에서 나오는 사이토를 아카네는 몰래 뒤따랐다.

기회는 사이토가 학식에 도착해 주문할 때까지의 시간뿐이다. 틈을 보인 순간 달려들어 도시락통을 내던지고 올 생각이었다.

"좋은 냄새가 나."

"윽?!"

등 뒤에서 음식을 노린 목소리가 들려와 아카네는 즉시

몸을 돌렸다.

시세이가 두 손을 퓨마처럼 만든 채 침을 흘리고 있었다. 얼핏 보기에 귀여운 포즈지만, 눈동자는 사나운 육식동물. 틈을 보인 순간 달려들어 도시락을 상자째 집어삼킬 태세였다.

미행에 정신이 팔려 다가오는 시세이의 기척을 눈치채지 못한 것일까. 아니, 설사 사방에 주의를 기울이고 있었다고 해도 시세이의 접근을 알아차리기란 극히 어려웠을 것이다.

"시세는 아카네의 수제 도시락을 먹고 싶어."

"이, 이건 도시락이 아니야! 어…… 그렇지! 폭탄! 폭탄이야!"

시세이는 작은 코를 내밀어 킁킁 냄새를 맡았다.

"폭탄에서 그런 좋은 냄새는 나지 않아. 계란말이와 갈릭베이컨말이, 커팅 스테이크가 들어있을 것으로 추측."

"냄새로 거기까지 알아?!"

일단 뚜껑도 닫았는데. 아카네는 시세이의 통찰력에 위협을 느꼈다.

가슴을 펴는 시세이.

"시세는 10km 떨어진 레스토랑의 모든 메뉴를 냄새만으로 판별할 수도 있어."

"어떤 구조?! 인간은 맞아?!"

"음식을 향한 집착이 나은 기술. 따라서 아카네에게 도망갈 곳은 없어."

슬금슬금, 시세이가 가까이 다가온다.

"이, 이것만은…… 줄 수 없어……."

도시락통을 끌어안고 뒤로 물러서는 아카네.

"지옥으로 도망쳐도 쫓아가. 토끼뜀으로 쫓아갈 거야."

"토끼뜀으로는 따라잡을 수 없어!"

"시세는 아카네 요리가 좋아. 요즘 못 먹어서 곤란했어. 이대로는 아사할 거야."

"그럼 나중에 만들어 줄게! 어쨌든 이건 안 돼!"

시세이가 고개를 갸웃했다.

"혹시 오빠한테 주려고 가져왔어?"

"으…… 아, 아니야! 누가 그런 남자를 위해서! 절대 말도 안 돼!"

허세를 부리는 아카네, 하지만 얼굴이 새빨갛게 달아올랐다는 자각은 있었다.

흐음, 하고 시세이가 아카네의 어깨를 두드렸다.

"그런 거라면 어쩔 수 없지. 아카네, 힘내. 시세는 저격조를 소집해서 주변 장애물들을 치워줄게."

"아니라니까~!"

아카네는 소리쳤지만, 시세이는 미지근한 눈빛으로 엄지손가락을 치켜세울 뿐이다.

거기에 더해 스마트폰으로 어딘가에 전화를 걸고 있는데, 설마 진심으로 저격조를 부르려는 건 아닐 것이다……아마. 호조 가문이 하는 일은 알 수 없다.

아카네는 도시락통을 안고 그 자리에서 도망쳤다.

어느새 사이토와의 거리가 많이 떨어져 버렸다. 학생 식당에 도착하기 전에 어떻게든 잡아야 해.

아카네는 계단을 한 계단씩 건너뛰어 쫓아간다. 다급하게 1층까지 달려가 복도까지 도착한 시점에, 학생 식당 바로 앞에서 사이토의 모습을 발견했다.

"사이토——! 기다려!"

다급했던 탓에 주위에 울려 퍼질 정도의 큰 소리로 불러 세우고 말았다.

무슨 일인가 싶어 웅성거리는 학생들.

사이토도 놀란 기색으로 돌아본다.

"아, 아카네……? 무슨 일이야……?"

집을 나간 이후 사이토와는 줄곧 말을 섞지 않았으니 놀랄 만도 하다.

긴장으로 몸이 굳은 아카네. 늘 집에서는 자연스럽게 대화했었는데, 어떤 식으로 했는지 기억이 잘 나질 않았다.

터질 것처럼 날뛰는 심장을 억누르며 아카네는 어색한 발걸음으로 사이토에게 다가갔다.

"아…… 그게, 그러니까……."

목소리가 잘 나오지 않았다. 도시락 꾸러미를 등 뒤에서 꽉 움켜쥐었다.

"아카네……?"

의아함이 담긴 사이토의 시선.

희귀한 광경을 바라보는 듯한 학생들의 시선.

그것들이 온몸에 박혀 아카네의 심박수를 더욱 높여갔다.

"저, 저기 있지, 너…… 배고파?"

"그야 고프지. 그래서 학식에 온 건데."

"오늘은 학식 금지! 아무것도 먹으면 안 돼!"

"나더러 죽으라고?!"

공포로 눈이 휘둥그레지는 사이토.

"그게 아니라! 넌 달리 먹어야 할 게 있다고 말하는 거야!"

"뭔데?"

아카네는 도시락통을 사이토에게 내밀고 싶었지만, 도저히 몸이 움직이지 않았다. 거절당하는 것이 두려운 나머지 팔이 얼음처럼 굳어버렸다.

"그건 그…… 길가의 풀 같은 거! 너 풀 좋아하잖아?!"

"풀보다는 학식이 좋은데?! 가끔은 맛있는 것도 먹고 싶어!"

"그, 그래? 그렇다면…… 그…… 이거…….."

아카네가 머뭇거리자, 사이토가 아카네의 뒤를 들여다보았다.

"설마 해서 묻는 거지만…… 나한테 도시락을 싸준 거야?"

아카네는 뺨이 타오르는 기분이었다.

"뭐, 뭐어?! 설마! 그럴 리가 없잖아! 너한테 줄 바에야 근처에 있는 개한테 주는 편이 더 나아!"

"윙!"

그 직후, 교정에서 개가 뛰쳐나와 도시락통을 낚아챘다. 어디선가 본 적 있는 것 같은 지저분한 개. 단단히 도시락통을 물고 전속력으로 도망간다.

"아――?!"

비명을 지르는 아카네. 허둥지둥 개를 쫓아 뛰기 시작한다.

저것만은 빼앗겨서는 안 된다. 사이토가 먹어야 하는 것이다. 사이토가 먹고 미소를 지어주었으면 좋겠다. 조금이라도 사이토와의 접점을 되찾고 싶었다.

숨이 차오르고 눈동자가 젖어 들었다. 필사적으로 교정을 달리는 아카네 옆에 사이토가 나란히 섰다.

"뭐야, 왜 너까지 쫓아와!"

"내 도시락이니까!"

"네 거 아니야!"

"그럼 개한테 되찾아서 내 걸로 삼으면 되지!"

"그렇겐 못 해! 이 도시락 도둑!"

이런 언쟁도 얼마 만일까. 달리면서 대화하니 괜히 더

숨쉬기가 힘든데도, 사이토와 대화를 주고받는다는 사실이 너무나도 기뻤다.

싸움이라도 좋아, 미움받아도 좋아, 어쨌든 자신은 사이토의 목소리를 듣고 싶었구나, 그 사실을 새삼스레 깨달았다.

고등학교에 입학한 뒤에 끊임없이 사이토에게 달려든 것도, 사이토와 대화하고 싶은 마음에 그랬던 것일지도 모른다.

"내가 체육관 뒤에서 몰아갈게! 넌 반대편으로 돌아가!"

"명령하지 마! 난 내가 원하는 대로 할 거야!"

"연계하지 않으면 따라잡을 수 없다고!"

"네가 내 지시에 따라! 학교 건물 상공에서 뛰어 올라갔다가 급강하해!"

"할 수 있겠냐!"

"그러면 순간이동해!"

"더 못 해!"

소리치면서 질주했다.

맞아, 이것이 우리의 대화다. 이것이 우리의 일상이다.

나무들이 우거진 곳으로 도둑개가 뛰어들었다.

땅을 세게 박찬 사이토는 나무를 사이에 두고 도둑개와 나란히 달렸다. 더 속도를 높여 도둑개 앞쪽으로 돌아가더니 양팔을 벌려 진로를 막아선다.

"지금이야, 아카네!"

"알아!"

이미 다리도 심장도 한계지만. 아카네는 마지막 힘을 쥐어짜 가속했다. 사이토의 두 팔에 뛰어들듯 도시락통을 문개에게 달려들었다.

땅바닥에 쓰러지는 두 사람과 한 마리.

개는 슬프게 울더니 도시락통을 놓고 도망갔다.

아카네는 도시락통을 높게 들어 올렸다.

"자, 잡았다~!"

"우리의 승리다!"

주먹을 치켜드는 사이토.

고등학교 3학년이나 되어서 이런 짓을 하다니, 어린애 같다고 아카네는 생각했다. 하지만 이렇게 사이토와 같은 장소에 있을 수 있다는 것이 더할 나위 없이 좋았다.

——이 시간이 계속 이어졌으면 좋겠다.

아카네는 원했다.

점심시간이 계속 끝나지 않아서 사이토가 아카네 곁에서 떨어지지 않고, 둘이 햇빛을 받으면서 이곳에서 언제까지나 낮잠을 잘 수 있다면 좋을 텐데.

사이토가 먹고 싶다는 얼굴로 도시락통을 바라보았다.

"도시락, 받아도 될까? 나도 되찾는 거 도왔으니까."

"어쩔 수 없지. 그렇게까지 원한다면 이 내가 실력을 발휘한 일품 스페셜 도시락을 하사하도록 할게! 감사히 먹어!"

아카네는 도시락 보따리를 풀고 의기양양하게 뚜껑을 열고는…… 얼어붙었다.

내용물이 엉망이 되어버렸다. 베이컨말이와 커팅 스테이크와 계란말이와 밥이 무질서하게 뒤섞여 그냥 볶음밥처럼 되어버렸다.

컵에 담아둔 스테이크용 소스와 디저트 무스도 전부 다 섞여 보기 흉한 황토색의 늪이 되어 있었다. 개가 물고 그렇게 뛰어다녔으니 당연한 결과지만, 이런 음식을 사이토에게 줄 수 있을 리가 없다.

모처럼 훈훈한 분위기가 되었는데. 모처럼 둘이 전과 같은 시간을 보내면서, 사이토가 기뻐해 줄 거라 생각했는데.

아카네의 두 눈에 눈물이 고였다.

사이토가 아카네의 얼굴을 들여다보았다.

"……안 줄 거야?"

"아, 안 줄 거야! 쓰레기통에 버릴 거야!"

"버릴 거면 줘. 배고파."

손을 내미는 사이토.

"이런 건 인간이 먹을 음식이 아니야! 그래! 난 개의 먹이를 만들어 왔어! 그러니까 그대로 개에게 도둑맞았어야 했어!"

"그래, 그래. 알겠으니까 줘."

"잠깐……."

사이토는 반강제로 아카네에서 도시락통을 빼앗았다. 아카네가 막는 것도 개의치 않고 젓가락으로 반찬을 집어 입에 집어넣는다.

"흠……."

우물거리면서 하늘을 올려다보는 사이토.

"마, 맛없지? 당장 뱉어! 안 그러면 죽을 거야!"

"……평범하게 맛있는데?"

사이토의 말에 아카네는 귀를 의심했다.

"뭐, 뭐……? 너 미각이 망가진 거야……?"

"안 망가졌어."

"그럼…… 머리가……?"

"실례네. 맛있는 걸 맛있다고 한 것뿐이야."

사이토는 황토색으로 된 혼돈의 볶음밥을 계속해서 먹어 치웠다. 무리하는 기색도 없고, 정말 기쁜 얼굴로 먹어 주었다.

아카네는 귀가 타는 것처럼 뜨겁다고 느꼈다.

"그, 그런 걸 맛있다고 생각하다니, 그동안 제대로 된 걸 안 먹었나 보네."

"밥은 제대로 먹고 있어. 프로틴이나, 프로틴이나, 프로틴 같은 거."

"안 먹었잖아! 마시는 것뿐이네!"

어이없다는 듯 말하는 아카네.

"물이나 우유에 섞는 타입의 프로틴뿐만 아니라 프로틴 바나 프로틴 소시지도 먹고 있어. 영양은 밸런스가 중요하니까."

"하지만 결론이 프로틴이면 균형이 안 맞아!"

"그래서 보충제를 같이 먹는 거지. 게임하면서 껌 대신 보충제를 씹고 있으면 밤샘을 계속해도 쓴맛에 잠이 깨."

사이토는 자랑스럽게 엄지손가락을 치켜세웠다.

"너 진짜……."

아카네는 땅바닥에 손을 대고 고개를 푹 떨궜다.

다시 사이토가 옛날의 열악한 삶으로 돌아가 버렸다. 아니, 옛날보다 더 심할지도 모른다. 그것도 다 아카네가 집을 나간 탓이다. 이 남자, 천재인 주제에 생활 능력에 관해서는 빵점이었다.

"하지만 뭐…… 프로틴이나 학식보다 이게 확실히 더 맛있어."

"그래……?"

"그래, 역시 난 아카네의 요리가 좋아."

"……!"

해맑게 웃는 사이토의 모습에 아카네는 심장이 멎을 뻔했다.

──그게 뭐야. 치사해…….

그런 말을 들으면, 헤어진 걸 후회하게 되잖아.

"그래서 말이야, 사이토가 완전히 야생화된 느낌이라 이
대로 내버려 두면 죽을 것 같아. 좀 더 평범하게 살았으면
좋겠어. 머리는 쓸데없이 좋으니까 스스로 잘 관리하면 좋
을 텐데. 대체 무슨 생각을 하는 걸까?"

끌어안은 인형에 얼굴을 묻은 아카네는 본가 거실에서
투덜거린다.

청중인 마호는 테이블에 엎어지듯 늘어져 있다.

"언니 말이야……."

"왜?"

"그렇게까지 오빠가 걱정된다면 저쪽 집으로 돌아가면
되잖아?"

"거, 걱정한 적 없어! 난 그 녀석의 생활방식에 질렸다고!"

"하지만 2시간 정도 같은 얘기를 하고 있는데? 나 졸려~."

사랑스럽게 하품하는 마호.

"두 시간 동안 얘기할 정도로 어이가 없는 거지! 난 각오
하고 나온 거니까 이제 와서 되돌아갈 수도 없단 말이야!"

"그럼 밥만 하러 가. 출장 아내인 거지."

"아내는 벌써 그만뒀어! 나랑 그 녀석은 이제 평범한 반
친구야!"

아카네는 본인 입으로 말하고 서글퍼졌다.

강제 결혼이 없으면 아카네와 사이토 사이에는 거의 아무런 접점이 없다. 단순한 반 친구이자 졸업과 함께 사라지는 관계. 그뿐이다.

아카네는 손을 오므려 입가에 가져갔다.

"하지만 내버려 두면 정말 위험해…… 적어도 영양은 섭취할 수 있도록 한밤중에 몰래 들어가서 사이토의 입에 저녁을 쑤셔 넣어야겠어……."

"그게 더 위험한데?! 오빠 죽을 텐데?!"

"아, 목이 막히겠구나. 그러면 저녁을 주사기에 넣고 밤에 몰래 사이토의 목에 투여를……."

"밥이 주사기에 들어가?! 그것도 꽤 아슬아슬한데?! 겉으로 보면 완전 암살자인데?!"

아카네는 빙긋 미소 지었다.

"암살이라면 특기야."

"언니, 멋있어~! 하지만 정신 차려! 그럼 잡혀간다고! 난 언니랑 헤어지게 되는 건 싫어!"

"그럼 어떻게 하라는 거야~!"

아카네는 인형을 끌어안고 눈물을 글썽였다. 너무 세게 끌어안아서 인형의 입에서 솜이 튀어나와 있었다.

"언니가 정서불안이야. 어떻게든 해야겠어……. 그래!"

뭔가 생각난 듯 마호가 벌떡 일어난다.

"뭐야?"

"언니가 못 간다면 내일 내가 대신 갈게! 오빠가 살았는지 죽었는지 미라가 됐는지 확인하고 올 테니까!"

"역시 아직 죽지는 않았을 것 같은데?!"

오늘 오후에는 사이토도 건재했고, 당분간은 몸속의 영양만으로 살아갈 수 있을 것이다.

"아니, 혹시 모르지? 어쩌면 야한 책을 너무 많이 읽어서 죽었을지도 모르고……."

"야한 책을 읽으면 죽어?!"

아카네는 깜짝 놀랐다.

"언니는 잘 모를 수도 있지만, 은근 무서운 거야~. 특히나 밝히는 오빠를 혼자 뒀다가는……."

"사이토니까…… 그럴 수도 있겠네."

"그치? 가능성 있지? 그러니까 내가 스파이가 돼서 잠입하고 올게! 언니는 안심하고 기다려!"

마호는 믿음직스럽게 브이 사인을 내보였다.

거실 소파에서 사이토가 눈을 뜨자, 몸 위에 마호가 올라타 있었다.

"잘 · 잤 · 어?♡ 오빠♪"

사이토의 뺨을 쿡쿡 찌르며 야릇하게 속삭인다. 찰싹 온몸을 밀착시킨 탓에 길고 서늘한 머리카락이 사이토의 얼굴을 간지럽혔다.

"으으으으으으으으!"

"꺄악?!"

사이토는 반사적으로 마호를 날려버렸다. 융단 위로 굴러떨어지는 마호.

"너무해, 오빠……. 나는 인사를 한 것뿐인데……."

마호는 손을 입가에 얹고는 애처롭게 몸을 숙였다. 어째서인지 교복 블라우스는 흘러내렸고, 단정치 못하게 어깨가 드러나 있었다.

"왜 네가 여기 있어?! 어떻게 들어왔어?!"

"문을 폭파했어! 미안해!"

"진짜로?!"

"그럴 리가 없잖아♪ 그렇게 금방 믿어버리다니 오빠도 정말 단순하다니까, 바보야 바보♡"

낄낄거리며 웃는 마호.

"이 자식……."

핏대를 세우는 사이토. 썩어도 학년 1등인 천재가, 이 누가 봐도 바보 같아 보이는 소녀에게 바보 취급을 당하는 일만큼은 없어야 했다.

"아, 오빠 화났어? 화났어?"

마호가 사이토 주위를 서성거리며 얼굴을 기웃거렸다.

이 이상 마호의 페이스에 휘둘리는 것도 열받았다. 사이토는 앞머리를 쓸어올리며 우아하고 냉혹한 어조로 내뱉었다.

"이 내가 하등한 벌레 따위에 화를 낼 리가 없지."

"에잇."

마호가 사이토의 손을 잡고 자기 가슴에 꾹 누른다.

"뭐 하는 거야?!"

기겁하며 손을 떼는 사이토.

"아, 오빠 얼굴 빨개졌다♪ 오빠는 벌레의 가슴을 만지고 흥분하는 변태였구나♪"

"벌레에게 가슴은 없어!"

"꺄악, 가슴이라니, 여자애 앞에서 그런 단어를 쓰면 안되지! 오빠 야해!"

"이제 됐으니까 돌아가!"

"안 돌아갈 건데~! 나는 한창 중요한 미션을 수행 중이거든~!"

잔뜩 들뜬 채 사이토에게서 도망치는 마호. 도중에 셰이커 타워니 책의 타워니 하는 것들을 다 날려버린다. 이 소녀는 무적이다.

TV와 게임기까지 부숴버릴 것 같아 사이토는 마호를 잡는 것을 포기했다. 손에는 아까의 부드러운 감촉이 남아 있어서 참기 힘들었다.

"중요한 미션이 뭔데?"

"소녀의 비·밀!"

마호는 입술에 검지를 대고 윙크했다.

명백하게 노리고 한 행동인데 은근 귀엽다는 것이 더 열받는다.

"자, 이제 돌아가."

사이토는 소화기 호스를 들었다.

마호는 황급히 소파 그늘에 숨었다.

"아, 뻥이야 뻥! 자백할게요! 마호는 말이지, 오빠에게 요리해 주려고 왔어!"

"뭐……? 뭐 때문에……?"

"언니 때문에~. 오빠가 굶어 죽을까 봐 걱정하길래 내가 대신 온 거야."

"아카네가……?"

사이토는 당황스러웠다.

왜 이제 와서 아카네가 사이토를 걱정하는가. 다른 좋아하는 사람이 생겨서, 그래서 집을 나간 것이 아닌가.

마호는 팔짱을 끼고 으스대며 거실을 둘러보았다.

"큰일 날 것 같다는 예감은 들었는데 예상 이상이네. 이건 그냥 쓰레기통이야. 오빠는 혼자서는 아무것도 못 하는 글러 먹은 남자였구나."

"나는 글러 먹은 남자가 아니야……."

"좋아, 여기선 내가 실력을 발휘해서 오빠의 영양을 맥스로 만들어 줄게! 오빠는 그 근처에서 공기라도 마시고 있어!"

"말 안 해도 공기는 마실 거야! 딱히 밥은 필요 없어. 나에게는 프로틴이……."

"그래, 그래. 흰 가루는 그 정도만 먹고 오빠는 얌전히 기다리기나 해! 아니면 집에 끌려가서 이상한 일을 당했다고 신고해 버릴 거니까!"

"큭……."

사이토는 이를 악물었다.

이 소녀는 협박이 아니라 진심으로 한다. 그보다 이미 스마트폰으로 110의 11까지 누른 상태다. 그리고 신고를 당하면 결국 불리한 것은 남자 쪽이다.

마호는 주방에 둔 비닐봉지에서 채소와 고기 등의 식재료를 꺼냈다.

"장 보고 왔어?"

"어차피 재료는 프로틴밖에 없을 거라고 언니가 말했으니까."

"뭐, 맞는 말이지만……."

정확하게 간파당한 것이 분했다.

"뭐 먹고 싶어? 이탈리안? 프렌치?"

"나는 고기를 좋아해."

"하지만 난 카레를 만들고 싶으니까, 카레로 할게!"

"그럼 묻지 마!"

심하게 마이페이스인 마호의 말에 사이토는 한숨을 내쉬었다.

마호는 콧노래를 부르며 채소를 자르고 냄비에 물을 부어 집어넣었다. 자른 고기도 투입하고, 끓기 시작하자 루를 넣는다. 그러자 밥솥에서 전자음이 울렸다.

"밥이 너무 빨리 된 것 같은데?"

"오빠가 자는 동안 들어와서 스위치를 켜놨어!"

"손이 너무 빨라……."

그리고 사이토의 의지는 조금도 존중되지 않았다. 아무리 반대를 받아도 음식을 만들겠다는 생각뿐이다. 이 억지스러움은 사이토의 할아버지와 비슷하다는 느낌도 들었다.

순식간에 조리가 끝나고 테이블에 음식이 차려졌다.

소고기 카레에 프렌치 샐러드, 미네스트로네. 완성되기까지 불과 20분. 스피드만 보면 아카네보다 빠르다. 장난스러운 언행과는 대조적으로 요령이 있는 타입인 것 같다.

"너…… 요리 같은 걸 할 수 있었구나."

"물론이지! 난 뭐든 할 수 있어♪ 이미 천재! 내 사전에 불가능이란 말은 없다고나 할까?"

"네 사전은 2페이지 정도밖에 없을 것 같은데."

"아, 너무해! 5페이지 정도는 있어~!"

"그래도 5페이지뿐인가."

"뭐, 평소에는 귀찮기도 하고~ 언니 요리가 더 맛있어서 안 하지만."

혀를 쏙 내미는 마호.

사이토는 숟가락으로 카레라이스를 떠서 입에 넣었다. 강제로 식욕을 간지럽히는 냄새가 비강을 자극했다.

뜨거운 재료와 향신료의 자극이 식도를 따뜻하게 데워 주었다. 따끈따끈한 감자에 단맛이 나는 큼지막한 당근. 쫄깃한 소고기를 씹자, 입 안에 고기의 맛이 퍼져 나갔다.

특별히 공을 들인 것은 아니지만 안심이 되는 가정적인 맛.

오랜만에 이 집에서 '집다운' 식사를 하고, 사이토는 가슴 깊은 곳에 무언가가 치밀어 오르는 것을 느꼈다. 전혀 불쾌하지 않은, 뜨거운 감각. 프로틴도 나쁘지는 않지만, 그래도.

"맛있어?"

테이블 저편에서 턱을 괴고 있던 마호가 물었다. 가늘게 뜬 부드러운 눈동자가 사이토를 바라보았다.

"……응. 맛있어."

"다행이다."

마호는 부드럽게 미소 지었다.

평온할 때의 아카네를 쏙 빼닮은 표정에 사이토는 무의식적으로 고동이 빨라졌다. 마치 아카네가 그곳에서 사이토를 지켜보는 것 같아서.

"역시…… 자매네."

사이토의 입에서 그런 중얼거림이 새어 나왔다.

"응? 뭐가?"

어리둥절한 마호.

"아무것도 아니야."

사이토는 민망한 기분이 들어 식사에 집중하기로 했다. 카레를 숟가락 가득 쥐고 입에 넣었다.

"아무것도 아닌 게 아닌데~? 언니랑 나랑 어디가 닮았다고 생각했어? 이 미모? 아니면 이 신들린 귀여움? 세상도 부러워할 만한 퍼펙트한 비율?"

"엄청난 자신감이네."

하지만 압도적인 미소녀임은 틀림없었기에 뭐라 더 말할 수 없었다.

"응~? 알려줘~ 오빠앙~."

마호는 테이블에 몸을 내밀며 거의 기는 듯한 자세로 사이토를 졸라댔다.

"위험하니까 하지 마. 너도 먹어."

"오케이!"

덥석, 마호가 사이토의 숟가락을 물었다. 사이토가 피할 새도 없이 숟가락 위의 카레라이스가 자취를 감췄다.

마호는 뺨을 오른손으로 감싸 안고 만족했다.

"우물우물……. 하아, 오빠의 타액맛, 너무 맛있어."

"변태냐!"

"맞아! 이제야 알았어?!"

"아니, 대충 알고는 있었지만!"

"그렇지~?"

수수께끼의 우쭐한 얼굴.

저녁을 다 먹은 뒤 사이토는 2인분의 식기를 들고 싱크대 앞에 섰다.

이렇게 평범하게 식기를 씻는 것도 오랜만인 것 같다. 마른 싱크대로 물이 흘러 들어가며 은빛으로 촉촉해진다.

언니와 달리 마호는 설거지를 도와주려 하지 않았고, 주방 의자를 앞뒤 반대로 해 놓고 앉아서는 사이토를 바라보고 있다. 비스듬하게 기운 의자가 금방이라도 쓰러질 것처럼 위태롭다.

"오빠, 아무리 봐도 혼자 사는 건 안 맞아. 빨리 언니와 화해하지 않으면 위험할 것 같은데?"

"나는 아카네랑 싸운 게 아니야. 아카네가 갑자기 나갔어. 나와의 생활을 도저히 견딜 수 없었던 거겠지."

무리도 아니다.

초등학교 때, 처음에는 사이토와 친하게 지내던 반 친구들도 깨달았을 땐 사이토 곁에서 멀어져 있었다.

중학교든 고등학교든 똑같다.

그리고…… 부모님도.

"딱히 오빠와의 생활이 싫어진 건 아닌 것 같은데."

"정이 떨어졌다고 해도 어쩔 수 없어. 난 성격이 못됐으니까."

"못되지 않았어! 난 오빠 성격 좋아하는걸?"

"……!"

불쑥 마호가 사이토에게 얼굴을 갖다 댔다. 그 기세로 인해 마호가 의자에서 굴러떨어질 것 같아 사이토는 순간적으로 끌어안았다.

자매라서 그런지 아카네랑 같은 냄새. 여리고 부드러운 몸이 사이토의 품에 안겨 숨을 내쉬었다. 똑바로 노려보는 표정은 정말로 아카네를 닮았다.

마호가 말의 칼날로 베듯이, 천천히 입을 열었다.

"나는 너와 함께 있고 싶다고 생각해. 아니, 느껴. 그건 이치가 아니라 본능적인 거야. 네 냄새가 좋고, 목소리가 좋고, 만졌을 때의 감각도 좋아."

"갑자기 무슨 말을……."

언제나 농담만 던지는 소녀에게서 진지한 말을 들으면 반응하기 어렵다. 혼자 지내며 메말라 있던 방에 답답하면서도 뜨거운 공기가 차올랐다.

"언니도 분명 똑같을 거야. 어렸을 때부터 같이 지낸 언니라서 알아. 언니한테는 오빠가 필요해."

"설마."

사이토가 메마른 웃음을 터뜨렸다. 설거지를 마치고 옷

으로 손을 닦은 뒤 소파에 앉는다.

마호가 사이토 앞으로 돌아앉아 진지하게 물었다.

"오빠는 언니가 없는 게 좋아?"

"내 감정은 상관없어."

"상관있어! 감정으로 결정하지 않으면 뭐로 결정하는데?!"

"합리적으로 계산하면 돼."

"그런 건 인간이 아니야! 감정은 죽여도 죽지 않아. 죽는
건 자신이야. 오빠는 언니가 필요 없어?!"

"……."

사이토는 어금니를 꽉 깨물었다.

"봐! 오빠도 힘들어하고 있잖아! 그러면 안 돼! 인간이란
언제 죽을지 모르니까, 정말 갖고 싶은 건 뭐든 손에 넣어
야 한다고!"

마호는 사이토의 가슴팍을 움켜쥐고 흔들듯이 소리쳤다.

──정말 갖고 싶은 거……?

그 말에 사이토는 위화감을 느꼈다.

지금까지, 자신에게 정말 갖고 싶은 것이 있었나.

아니, 없었다.

이루고 싶은 꿈은 있었지만, 그 외에는 모든 게 아무래
도 좋았다.

남이 자신을 떠나가도 쫓지 않았다. 마음에 드는 물건이
망가져도 신경 쓰지 않고 새로 샀다. 줄을 서서 한정품을 산

적도 없다.

　사이토는 집착이나 애착 같은 심경과는 무관했다. 모든 건 대체가 가능하고 범용적이며 교체가 가능한 부품 같은 것이었다. 계속 그렇게 생각해 왔다.

　그런데도, 아카네가 떠난 지금 왜 자신은 이렇게나 굶주려 있는가.

　왜, 이렇게 아카네의 모습을 보고 싶어 속을 태우는 걸까.

　아카네의 냄새를 짙게 풍기는 소녀를 앞에 두고 그 생각이 조금씩 뚜렷해졌다. 모르는 게 편할 텐데, 점점 더 의식하게 된다.

　"……그만해."

　"어?"

　쥐어짜는 듯한 사이토의 목소리에 눈을 동그랗게 뜨는 마호.

　"쓸데없는 일에 머리 쓰고 싶지 않아. 쓸데없으니까."

　"오빠……."

　마호는 슬픈 얼굴로 사이토를 바라보았다. 마치 유기견을 보는 듯한 눈빛이다. 어린 소녀에게 그런 시선을 받을 이유가 없는데.

　"정말 어쩔 수 없네."

　마호는 한숨을 쉬었다.

　붕붕 머리를 흔들더니 사이토의 무릎 위에 털썩 주저앉

는다.

"오늘은 나를 언니라고 생각해도 돼! 뭐 하고 놀래? 게임? 영화라도 볼래? 야한 거라도 괜찮아♪"

"야한 건 필요 없어!"

"오빠도 참, 안 그런 척하면서 사실은 덮치고 싶은 거지?"

마호는 사이토를 올려다보며 발랄하게 웃었다.

밤늦게까지 여동생이 돌아오지 않았다.

도대체 무엇을 하고 있길래? 돌려주는 것을 깜빡했던 열쇠를 들려 보내주긴 했지만, 제대로 집에 들어간 건 맞을까. 사이토에게 습격당하거나 하지는 않았을까.

본가 거실에서 아카네가 안절부절못하고 있는데, 스마트폰에 전화가 왔다. 화면에는 여동생의 이름이 표시되어 있다.

"마호?! 어떻게 됐어?!"

아카네는 즉각 통화에 나섰다.

『마호 아니야!』

스마트폰 스피커 너머로 목소리가 울렸다.

"아니야?!"

『여기는 코드네임 엠, 에이, 에이치, 오. 적지로의 잠입을 완수했습니다.』

"아…… 그런 놀이구나. 알겠어. MAHO, 보고를 요청합니다."

위험한 임무를 부탁했으니, 여동생의 놀이에 응해주는
정도는 어쩔 수 없었다.

『음…… 오빠한테 밥해 주고~ 먹여주고~ 같이 슈팅게
임하고~ 격투게임하고~ 트럼프하고~ 비눗방울하고~ 불
꽃놀이 했어!』

"엄청나게 놀았네……."

완전 만끽이 아닌가. 아카네는 부러움에 손톱을 물어뜯
었다. 나도 그곳에 가서 사이토와 놀고 싶다.

『오빠네 집 완전 난리가 났어. 집 안은 온통 정글이야.
라플레시아 같은 그런 거대 식충식물이 자라나고 있었어!』

"그건 거짓말이지?!"

『진짜야~! 그래서 동굴에서 공룡이 튀어나와서 오빠랑
둘이 마구 쐈어! 그래서 5천 포인트나 벌었어. 굉장하지
않아?』

"현실과 게임 이야기가 섞인 것 같은데?"

『아, 그럴지도. 그런데 오빠, 언니가 없어서 외로워 보
였어.』

"흐, 흐음~……."

아카네는 목소리가 떨리는 것을 느꼈다. 여동생이 눈치
채면 민망했기에 애써 목소리를 억눌렀지만, 아카네의 마
음은 이미 다 들켰을지도 모른다.

『언니가 아니라 나로도 괜찮지 않을까 하는 얼굴을 하고 있었거든. 내가 썼던 스푼을 핥는다거나, 무릎에 올라간 내 머리를 쿵쿵댄다거나~.』

"잠깐?! 그것도 거짓말이지?! 거짓말이라고 해 줘!"

『응, 일부는 사실이야!』

"어디쯤이 일부야?!"

『흥흥흥~♪』

"콧노래로 얼버무리지 마! 이건 확실히 해두자! 응?!"

아카네는 간청했지만, 마호는 즐거운 듯이 웃을 뿐이다.

『어쨌든, 언니에게 기회가 없는 건 아니지 않을까?』

"그, 그럴까……."

『좀 더 용기 내서 다가가 봐, 언니! 분명 잘될 거야!』

"으, 응……."

마호의 말을 들으면 아주 조금 용기가 생긴다. 선천적으로 몸이 약한 아이임에도 그 씩씩한 인품은 어려서부터 아카네에게 큰 위안이 되었다.

"고마워, 마호. 넌 정말 좋은 여동생이야."

『에헤헤, 그치?♪ 언니 대신 확실히 오빠를 돌봐줄게!』

"응, 부탁할게."

의지가 되는 여동생을 둔 것에 아카네는 진심으로 감사했다.

내일 학교에서 사이토에게 말을 걸어봐도 괜찮을지 모

르겠다. 모처럼 동생이 열심히 애써주고 있으니 나도 열심히 해야지.

『아, 오빠가 목욕하려나 봐. 언니 대신 내가 목욕도 도와 줄게!』

마호가 달려가는 발소리가 들렸다.

"기다려 마호! 난 그런 짓 안 해!"

『오빠! 온몸을 깨끗하게 씻어줄게~♪』

"멈춰, MAHO——!!"

아카네의 지령이 허무하게도 공작원으로부터의 통신은 끊어졌다.

""앗⋯⋯.""

학교 현관에서 딱 부딪친 사이토와 아카네는 서로의 얼굴을 보고 굳었다.

이제 막 등교한 학생들로 아침의 현관은 북적거렸고, 졸린 목소리로 인사가 오가고 있다. 여느 때처럼 머리도 교복도 빈틈없이 정돈된 아카네는 덧신을 신으려고 한쪽 다리를 올린 채 조각상처럼 얼어붙었다.

둘 사이에 흐르는 무한한 시간.

──어색하다.

사이토의 등줄기로 땀이 흘렀다.

어젯밤 집에 쳐들어온 마호는 아카네가 사이토에게 정

이 떨어진 것은 아니라고 말했다. 그것이 사실인지 아닌지는 모르겠지만, 사이토는 아카네와 대화하고 싶었다. 하지만 무슨 말을 해야 할지 모르겠다.

아카네는 소리를 낼까 봐 두려워하는 사람처럼 주섬주섬 덧신을 신고는 신발장 앞에서 떠나려 했다.

이러다가는 아카네가 가버린다.

초조해진 사이토의 목구멍에서 튀어나온 말은.

"나, 날씨가 좋네!"

놀랍도록 평범하고, 독도 약도 되지 않는 정형문이었다.

학년 1등 천재가 머리를 쥐어짜 나온 대사가 이것이다. 사이토는 죽고 싶어졌다. 분명 아카네도 어이없어하며 쓰레기를 보는 듯한 눈빛으로 바라보겠지.

사이토는 그렇게 생각했는데.

"나, 나나나나나나날씨 좋네!"

아카네는 엄청난 기세로 대답을 돌려주었다.

──뭐지, 이 강렬한 대답은······?

사이토는 반대로 주춤했다.

도대체 지금 인사말 어디에 그런 단거리 달리기 최고 기록을 세울 만한 요소가 있었던 것일까. 수수께끼다.

그렇다고는 해도 모처럼 아카네가 대답했으니, 대화의 기회를 살려야 했다.

"······."

"......."

하지만 또다시 침묵.

사이토는 그럴싸한 화제를 떠올리지 못했다. 재미있는 이야기를 하고 싶은데, 이 이상 아카네의 기분을 상하게 할까 봐 화제를 고르기가 어려웠다.

아카네는 긴장한 표정으로 힐끔 사이토 쪽을 바라보았다. 손바닥을 감았다 폈다, 앞머리를 손으로 빗느라 바쁘다.

"저, 저기……."

아카네가 결심한 듯 입을 열었다.

──오, 뭐야?! 나한테 하고 싶은 말이 있나?! 좋아, 내 천재적인 두뇌를 구사해서 최고의 리액션으로 매료시켜주겠어!

사이토는 자신감에 넘쳤다. 동서고금의 예지를 축적한 자신이라면 반드시 함축성 있는 대답으로 아카네를 감탄하게 만들 수 있을 것이다.

"여, 역시 됐어."

아카네는 고개를 숙였다.

──그건 아니지, 아카네애!

사이토는 온몸에 힘이 쭉 빠지는 것을 느꼈다.

주위에는 학생들이 점차 많아지며 우뚝 서 있는 두 사람이 방해가 되고 있었다. 하지만 아카네도 사이토도 그 자리에서 한 발짝도 움직이려 하지 않았다. 움직이는 쪽이 지기라도 하는 것처럼 서로를 노려본다.

　——어쨌든 뭐든 좋아. 이야기를 이어가는 거야⋯⋯

　다급한 사이토는 대화의 문턱을 낮췄다.

　"그으⋯⋯ 잘 지내?"

　"뭐, 평범하지. 사이토는⋯⋯?"

　"평범하지."

　"그렇구나⋯⋯."

　"하하하⋯⋯."

　"에헤헤⋯⋯."

　어색한 미소로 머리를 긁적이는 두 사람.

　——맞선이냐! 잘 모르는 상대와의 맞선이냐고!

　사이토는 스스로 자신을 지적했다.

　애초에 두 사람은 한참 전에 맞선을 끝냈다. 거의 선택의 여지가 없었던 결혼이고, 그것을 맞선이라고 불러도 되는지는 알 수 없지만.

　——왜 말이 잘 안 나오는 거지⋯⋯?

　사이토는 탄식했다.

　예전에는 아카네가 열화와 같이 싸움을 걸어왔고, 거기에 사이토도 거리낌 없이 대꾸하며 매일 대화를 나눴었는데.

　그때는 성가시다고만 느꼈는데, 지금은 당시의 자신이 부럽다. 비록 서로 화를 낼 뿐이라고는 해도 말다툼 역시 커뮤니케이션임은 확실했으니까.

말다툼하면 적어도 아카네가 무엇을 느끼는지 알 수 있었다. 사이토가 무엇을 느끼고 있는지도 전해졌다. 그렇게 두 사람은 서로에 대한 이해도를 높여왔다.

하지만 지금은…… 아카네의 역린에 닿는 것을 피하려고 한 나머지 평범하게 말을 걸 수도 없었다.

신혼집에 두 사람이 강제로 떠밀렸을 때와는 다르다. 아카네를 화나게 한 나머지 결국 아카네는 사이토 곁을 떠나버렸다. 지금의 두 사람은 그런 약하디약한 관계였다.

"좋은 아침, 아카네!"

히마리가 현관으로 들어왔다.

"아, 조, 좋은 아침……."

아카네는 가위눌림에서 풀려난 사람처럼 히마리 쪽으로 고개를 돌렸다.

답답한 공기에서 벗어나 사이토도 크게 숨을 내쉬었다.

어리둥절한 얼굴의 히마리.

"응? 무슨 일이야? 사이토 군과 아카네, 뭔가 서로 노려보고 있던 것 같던데. 싸우면 안 돼~."

"싸우다니…… 그런 거 아니야."

아카네는 슬픈 듯이 중얼거린다.

"그럼 뭐 하고 있었어?"

"아무것도 안 했어! 우연히, 잠깐, 사이토랑 마주친 것뿐이야!"

"그런가~. 엄청 날카로운 공기였는데."

히마리는 사이토와 아카네의 얼굴을 번갈아 바라보았다.

"아무것도 아니야. 가, 가자."

아카네는 히마리의 손을 잡고 걷기 시작했다. 도중에 사이토 쪽을 힐끗 돌아보았지만, 이내 입술을 다물고 떠났다.

절호의 기회를 낭비하고 말았다. 아카네가 교실에 들어가면 말을 거는 것조차 어려워진다. 그것은 누가 봐도 부자연스러운 일이었고, 아카네가 불쾌해할 수도 있다. 문턱이 너무 높다.

다정하게 붙어서 걷는 소녀들의 등을 사이토는 허망하게 배웅했다.

교사에 울리는 마지막 종. 방과 후 교실에서 반 친구들이 흩어져 갔다. 사이토도 시세이의 손에 이끌려 복도의 혼잡함 속으로 사라졌다.

그 뒷모습을 원망스럽게 바라보며 아카네는 자신의 책상에 푹 엎드렸다.

──오늘도 사이토와 제대로 대화하지 못했어…….

모처럼 아침에는 사이토가 말을 걸어줬는데. 사이토와 즐겁게 대화하면서 관계를 개선할 기회였는데.

하지만 이상한 말을 해서 사이토를 화나게 만들면 어쩌나, 미움받으면 어쩌나 고민하는 사이 너무 긴장해서 말이

나오지 않았다.

싫어할 때는 그렇게나 말을 많이 했는데.

좋아하게 되니 그에게 다가가는 것이 무섭다.

"……아카네? 괜찮아?"

히마리가 걱정스럽게 말을 걸어왔다.

"괜찮아…… 자신의 한심함이 좀 싫어져서……."

"사이토 군과의 일…… 때문이지?"

"응, 내가 사이토와 사이좋게 지낼 수 있었던 건 할머니 덕분이었다는 사실을 새삼 깨달았어."

처음에는 반발했던 강제 결혼, 하지만 그 족쇄가 사라진 지금 아카네는 사이토와 엮이는 방법조차 몰랐다.

히마리는 난처한 얼굴로 두 손을 모아 말했다.

"그냥 평범하게 걸면 되지 않을까? 왜, 사이토 군이 좋아하는 책이나 게임 같은 거 아카네는 잘 알잖아? 그런 걸 화제로 삼으면 되지!"

"그게 가능했다면 이 고생은 안 했을 거야…… 난 히마리랑 달리 사람 사귀는 데에 서투니까……."

동성 친구도 히마리 정도밖에 없는데, 하물며 사내아이인 사이토와 거리를 좁힐 수 있을 리가 만무하다. 동거라는 어드밴티지를 잃은 아카네가 사이토와의 관계를 다시 구축하는 것은 절망적이었다.

체념의 미소를 짓는 아카네.

"이제 됐어. 난 연애도 결혼도 안 해. 졸업하면 고양이랑 살 거야. 백 마리, 아니, 만 마리가 좋겠다. 일본에서 독립한 고양이 왕국을 만들 거야."

"아카네?! 정신 차려?! 만 마리는 역시 못 길러!"

"양육할 수 있어. 논을 전부 강아지풀밭으로 만들면……."

"고양이는 강아지풀 안 먹을 텐데?!"

"그럼 내가 먹으면 돼."

"아카네가 먹어서 무슨 의미가 있어?!"

"강아지풀을 계속 먹고 살아있는 강아지풀이 된 나에게 어마어마한 고양이가 몰려들겠지. 양손에 고양이, 아니, 양발에 고양이야."

"아카네는 뭘 목표로 하는 거야?! 정말 괜찮아?!"

히마리는 아카네의 이마에 손을 가져가 보고는 자기 이마와 온도를 비교해 본다. 걱정해 주는 것은 고맙지만 아카네의 몸 상태는 딱히 안 좋은 것이 아니다.

히마리는 가슴에 손을 그러모았다.

"미안해…… 나 때문에……."

"그러니까 히마리 때문이 아니라고 했잖아. 공정한 출발선으로 되돌렸더니 거기서 내가 졌다. 그뿐인 얘기야."

"……아카네는 전혀 지지 않았다고 생각하는데."

중얼거리는 히마리.

"어?"

"아, 아무것도 아니야. 참! 아카네 요즘 한가하지?"

"왜 다들 내가 한가하다고 생각하는 걸까……."

마호에게서도 같은 말을 들었다.

하긴 본가의 집안일은 거의 엄마가 해 주시니 공부 말고는 할 일이 없다는 것은 사실이지만.

"마침 우리 카페에서 임시로 일할 알바생을 찾고 있어. 나랑 같이 시프트 들어갔던 애가 잠깐 쉬게 됐거든. 아카네, 해볼래?"

"내가 할 수 있을까……. 알바 같은 건 해본 적 없는데."

"할 수 있어~. 아카네 요리 엄청 잘하잖아!"

아카네는 턱을 쥐고 미간에 주름을 만들었다.

"하지만…… 무례한 손님이 오면 맥주병으로 두개골을 파괴해 버릴지도 모르는데……."

"맥주병으로?! 그건 참아줘!"

"알았어. 참을게."

"응, 응. 아카네는 잘 참는 아이니까."

"두개골 말고 전신 복합골절로 끝낼게."

"전혀 참지 못했는데?! 클레이머를 향한 원망이 작렬하는데?!"

"작렬하는 건 원한이 아니라 손님이야."

"작렬시키지 마! 곤란한 손님 대응은 내가 대신 맡을 테니까! 아카네는 주방만 맡아주면 돼!"

"그렇다면…… 할 수 있으려나."

교제에 서툰 아카네라도 할 수 있을지도 모른다.

"고마워, 히마리."

"어? 뭐가?"

"내 마음이 조금이라도 풀릴 수 있게 권유해 준 거잖아?"

"으, 응……. 나 때문에 아카네가 풀 죽는 건 싫으니까. 아카네는 나에게 사랑의 라이벌이지만, 그 전에 내 절친인걸."

"히마리……."

거짓 없는 그 눈빛에 아카네는 가슴이 뜨거워지는 것을 느꼈다.

히마리의 말이 옳다. 자신들의 관계는 사소한 연애 문제로 무너질 정도로 약하지 않다. 초등학생 때부터 줄곧 두 사람은 함께 걸어왔고 서로 의지해 왔다. 사이토를 사랑하기 전부터 아카네와 히마리는 서로를 소중하게 아껴온 것이다.

그런 히마리의 배려를 헛되이 할 수는 없겠지.

"나 알바 열심히 해볼게. 처음이니까 여러 가지로 많이 알려줘."

"응! 하나부터 열까지 다 알려줄게!"

아카네와 히마리는 손을 맞잡고 웃었다.

주문표를 든 히마리가 카페 카운터로 뛰어들었다.

"큐브 스테이크 해산물 파에야랑 아호수프, 10인분 추가로 부탁해!"

"10인분?! 아직 아까 주문도 안 끝났는데?!"

아카네는 프라이팬을 들고 쩔쩔맸다. 휴식 없이 움직이고 있는데도 따라잡을 수 없었다.

평소에는 사람도 적고 차분한 분위기의 가게라 만만하게 봤는데, 오늘 카페는 엄청난 손님들로 붐볐다.

"아카네 특제 메뉴가 너무 인기가 많아~! 아, 두껍게 썬 마늘 듬뿍 스테이크도 5인분!"

"그럼 일단 가다랑어포라도 먹여놔!"

아카네는 비명을 질렀다.

애초에 요리에 신념이 있는 편이라 어설프게 적당한 요리를 만들지 못하는 것이다. 언니와 달리 요령 있는 마호는 그런 것도 잘 해냈겠지만.

카운터석에 앉아 있는 직장인 느낌의 여성 손님이 웃었다.

"아카네 요리가 너무 맛있어서 그래. 이 맛을 알아버린 이상 더는 다른 가게에는 못 가."

"과, 과찬이에요……."

거침없는 칭찬에 아카네는 반응이 곤란하다.

"그래, 내 말이. 음식 하나하나에 사랑이 담겨있다고 할까? 남친한테도 만들어주고 있겠지?"

"남친 같은 건…… 없는데……."

모두 사이토를 위해 공들여 개발한 메뉴다. 가게에서 새로운 메뉴를 원한다는 말을 듣고 시험 삼아 만들어 내놓았더니 큰 호평을 받은 것이다.

"이런 굉장한 실력의 셰프를 데려오다니, 히마리, 나이스 스카우트야."

"에헤헤. 우리 아카네 굉장하죠~♪"

하이파이브 하는 여성 손님과 히마리. 화기애애한 건 좋지만, 아카네는 쉽게 따라갈 수 없는 텐션이었다.

마스터가 팔짱을 끼고 고개를 끄덕였다.

"이 정도면 내가 은퇴한 뒤에도 문제없겠군. 안심하고 두 사람에게 가게를 맡길 수 있겠어."

"아, 난 가게 이을 생각 없는데?"

"저도 딱히……."

"둘 다?! 거기선 약간의 빈말도 필요하지 않을까?!"

히마리와 아카네에게 곧바로 거절당해 눈물을 글썽이는 마스터. 아카네의 장래희망은 음식점 경영이 아니라 의사이니 어쩔 수 없다.

계산대에서 계산을 마친 50대 정도의 여성 고객이 아카네에게 손을 흔들었다.

"다음에 보자꾸나, 아카네. 내일도 맛있는 요리 기대할게."

"내일은 시프트가 안 들어갔는데요……."

"기대하고 있을게."

"으…… 네."

환한 미소와 함께 그런 말을 들으면 끝까지 거절하기도 어렵다. 뒤에서 마스터와 히마리가 엄지손가락을 치켜세우는 기척이 느껴졌다.

폐점 직전, 손님의 흐름이 잠시 끊겨 아카네가 카운터 의자에서 쉬고 있을 때 히마리가 등을 끌어안았다.

"수고했어, 아카네! 오늘도 다들 기뻐해 줘서 다행이야!"

"……그러게."

"어? 아카네는 기쁘지 않아? 난 절친이 칭찬받으면 최고로 기쁜데."

"나도 기뻐. 다만……."

"다만?"

고개를 갸우뚱하는 히마리.

아카네는 그 뒤를 말할까 말까 망설였다.

자기 요리를 많은 사람에게 칭찬받는 일은 물론 나쁜 기분은 아니다. 혼자 공부만 하는 것보다 이렇게 일하는 편이 기분도 한결 가볍다.

하지만…… 누구에게 칭찬을 들어도 사이토에게 칭찬받았을 때만큼의 기쁨은 없었다.

고심에 고심을 거듭해 사이토의 취향을 알아내 혼신의 요리를 식탁에 내놓았을 때, 그가 한입 먹고 보여주는 미소. 그것을 넘어서는 성취감은 느껴지지 않았다.

요리하는 중에도 아아, 여기 사이토가 와서 이 요리를 먹어준다면 좋을 텐데, 라는 생각을 하고 만다.

평소 늘 잘난 척하는 사이토가 아카네의 요리만큼은 완전한 패배를 인정했다. 이것을 먹지 않으면 살 수 없다는 기세로 달려든다.

그런 날들이 너무나도 그리웠다.

——사이토, 오늘은 뭘 먹었을까.

너무 많이 만들어버린 파에야를 입에 넣으며 아카네는 생각에 잠겼다.

오늘도 아카네는 히마리와 함께 3학년 A반 교실을 나섰다.

그것을 지켜본 사이토는 가방을 들고 빈 교실로 들어갔다.

가방에서 꺼낸 것은 각종 변장 용품. 교복 위로 트렌치코트를 입고 선글라스와 마스크를 착용하자 언뜻 보기에 정체를 알 수 없는 모습이 되었다.

최근 두 사람의 대화로 미루어 봤을 때 아무래도 아카네는 히마리가 알바하는 카페에서 일하고 있는 것 같았다. 결혼을 파기한 탓에 학비를 스스로 벌려는 것일지도 모른다.

거기라면 학교 학생들도 적고 아카네와 접촉하기 쉽지 않을까. 적어도 손님으로서 아카네와 대화할 수 있지 않을까. 그런 작전이었다.

——나도 참, 나답지 않은 짓을 하네.

빈 교실을 나오면서 사이토는 그런 자신에게 어이가 없었다.

이렇게까지 누군가 한 사람을 집요하게 쫓아다니다니, 지금까지의 사이토로는 생각할 수 없는 일이었다.

아카네가 자기 뜻대로 집을 떠났다면 좋을 대로 놔두면 된다. 내버려 두는 것이 합리적이고 효율적이며 옳은 일이다.

그렇게 생각하면서도, 충동을 참을 수가 없었다.

왜 참을 수가 없는지 자신도 알지 못한 채, 상가로 가는 길을 재촉했다. 화기애애하게 돌아가는 학생들을 보기 괴로워 애써 시야에서 차단했다.

목적한 카페 앞에 도착한 사이토는 문고리에 손을 얹고 꿀꺽 침을 삼켰다.

이 앞은 전쟁터다. 아카네에게 정체를 들키면 사이토가 아카네를 만나러 왔다는 사실까지 알려질 거고, 그럼 불쾌해할지도 모른다.

경찰을 부를지도 모른다. 그게 아니더라도 혐오의 눈빛과 욕설이 기다리고 있을 것이다. 그건 참기 힘들다.

——반드시 정체를 숨긴다!

사이토는 굳은 결의를 가슴에 품고 가게 안으로 들어갔다.

"어서 오세요…… 어?! 사이토?!"

순식간에 아카네에게 들켰다.

——내 이 완벽한 변장을 간파했다고?!

사이토는 충격을 받았다.

하지만 여기서 황급히 철수하면 정체가 사이토라는 걸 인정하는 꼴이나 다름없다. 그렇게 되면 내일 학교에서는 아카네에게 눈총을 받을 것이고 오물 취급을 받을 것이다.

사이토는 끝까지 시치미를 떼기로 했다.

고속으로 시선을 움직여 가게 안의 상황을 파악했다. 히마리가 접객과 배식을 담당하고 아카네가 카운터 너머에서 조리를 담당하는 듯했다. 아카네와 소통하려면 떨어진 테이블석에서는 하기 힘들다.

사이토는 카운터석으로 가서 높은 둥근 의자에 당당히 앉았다.

"나는…… 호조 사이토가 아니야!"

"누가 봐도 사이토잖아! 성씨까지 본인이 다 말했으면서!"

"뭐? 모르겠는데…… 어디의 어디조 사이토라고?"

귀에 손을 얹고 시치미를 뗐다.

"시치미 떼지 마! 그런 초등학생 수준의 변장으로 속을 줄 알았어?!"

쭉쭉 사이토의 마스크를 잡아당기는 아카네. 잡아당기면서 얼굴 피부까지 잡아당길 기세였다.

"초, 초등학생 수준 아니야!"

"그럼 유치원 수준이네! 재롱잔치라도 나갈 생각이야?!"

"무례하긴! 이건 내가 면밀하고 주도적으로 계산한, 얼굴을 풀가드하면서도 위화감이 들지 않는 지극히 자연스러운 변장……."

"변장이라고 인정했네!"

"큭……!"

뼈아픈 실언이다.

평소에는 냉정하고 두뇌파인 사이토인데, 오늘은 컨디션이 좋지 않았다. 역시 남을 뒤쫓는다는 익숙하지 않은 짓은 하는 것이 아니었는데.

사이토는 식은땀을 흘리며 해명할 말을 찾았다.

"벼, 변장은 호조 사이토가 아니더라도 할 수 있지! 그래! 난 모국의 수상이야! 이 카페의 인기 메뉴를 먹기 위해 몰래 일본에 와 있는 거라고!"

"일본어 유창하잖아!"

"학창 시절에 일본으로 유학했었어!"

"지금도 코트 밑으로 교복이 보이는데?! 심지어 우리 학교 교복!"

"이건…… 그…… 코스프레야……."

"흐음…… 코스프레 말이지……."

아카네의 눈빛이 한겨울의 빙수보다 차가웠다.

"그래⋯⋯ 사적으로 고등학생 코스프레를 하는 취미가 있는 수상이구나⋯⋯."

사이토는 자멸하고 말았다. 상당히 무리가 있다는 것은 충분히 알고 있었다. 그렇다고 해도 이제 와서 물러설 수는 없다.

아카네가 커다랗게 한숨을 내쉬었다. 카운터에 손을 내밀고 나른한 어조로 말한다.

"알았어. 그래서, 모국의 총리님? 주문은 뭐로 하시겠어요?"

사이토는 수상답게 점잖게 주문했다.

"그렇지. 그럼 이 가게에서 추천하는 프로틴을⋯⋯."

"하지만 넌 볶음밥을 먹어야 하니까 볶음밥을 만들 거야!"

"주문을 안 듣는 음식점?!"

마호와 비슷한 말을 하는 아카네에게 사이토는 눈을 부릅떴다.

손님들의 동요에도 개의치 않은 아카네는 곧바로 프라이팬을 스토브에 올렸다. 도마 위에서 채소들이 리드미컬하게 썰려갔다.

팬에 잘게 썬 고기를 볶는 아카네에서 콧노래가 새어 나왔다. 멜로디에 맞춰 어깨가 들썩인다. 왠지 묘하게 기분이 좋은 모습이다.

──설마⋯⋯ 상황을 정찰하러 온 나를 처치할 셈인가?!

사이토는 걱정했다. 아카네가 기분이 좋아진 이유가 달리 떠오르지 않았다. 그런 소녀에게 굳이 살해당하러 오는 자신도 자신이지만.

하지만 아카네가 주방을 뛰어다니는 모습을 보고 있으니 무척 그리운 느낌이 들었다. 얼마 전까지만 해도 일상이었던 광경. 바라보고 있는 것만으로도 머릿속 어딘가가 채워지는 느낌이 들었다.

아카네가 프라이팬의 내용물을 접시에 옮긴 뒤 사이토 앞에 힘차게 올려놓았다.

"자, 나왔습니다! 참마 오크라 낫토 톳 갈릭 깨 모래집 표고버섯 멸치 매실장아찌 볶음밥입니다!"

"뭐야, 그 냉장고의 내용물을 자유롭게 다 때려 넣은 것 같은 메뉴는! 나에게 잔반 처리를 시킬 생각이야?!"

"네 건강을 위해 영양가 있는 재료를 듬뿍 넣어준 거야."

"넣는다 해도 조합이라는 게 있잖아?!"

"프로틴과 채소 주스를 섞는 인간에게 듣고 싶지 않아. 괜찮으니까 얼른 먹어."

삐딱하게 서서 프라이팬을 방망이처럼 잡은 아카네. 얌전히 잔반 처리에 협력하지 않으면 사이토의 머리가 풀 스윙으로 날아갈 것 같았다.

히마리는 멀리 떨어진 곳에서 조마조마한 얼굴로 지켜보고 있다. 멈추러 가야 할지 말아야 할지 망설이는 얼굴이다. 망설일 바에야 빨리 도와줬으면 좋겠다.

──젠장. 히마리가 알바하는 곳을 피바다로 만들 수는 없어!

사이토는 결의를 다지고 혼돈의 볶음밥을 숟가락으로 퍼 올렸다. 되도록 고통이 오래가지 않게 한 번에 많은 양의 볶음밥을 입에 넣었는데.

"음······?! 뭐야, 이건······ 완전 맛있는데?!"

예상 밖의 맛에 사이토는 눈을 번쩍 떴다.

재료는 무질서하게 투입되었는데, 전체적인 맛은 무질서하지 않았다. 하나하나의 소재가 돋보이면서도 조합되어 묘한 오케스트라 요리를 구현해냈다. 이것은 종합 예술이다.

아카네는 카운터에 턱을 괴고 웃었다.

"흥, 당연하지. 내가 너한테 맛없는 요리를 내놓을 리가 없잖아."

"아, 으응······."

너한테. 그렇다는 건 상대가 사이토이기 때문에 실력을 발휘해 주었다는 뜻일까. 그런 쓸데없는 생각이 사이토의 뇌리를 스쳤다.

──아니, 그럴 리가 없지.

사이토는 머리를 흔들어 잡념을 털어냈다.

아카네는 사이토를 싫어하고, 다른 좋아하는 사람이 생

겨 집을 나간 소녀였다. 사이토에게 특별한 호감을 품고 있을 리 없다.

사이토는 그런 말로 스스로를 타이르며 볶음밥을 먹었다.

만드는 장소가 바뀌었음에도 아카네의 맛은 변하지 않았다. 절묘한 균형으로 사이토의 식욕을 자극해 왔다. 프로틴만으로 충분히 배부르다고 생각했는데, 아카네의 볶음밥을 먹으면 먹을수록 배가 고파졌다.

음식을 맛있게 먹는 사이토를 아카네는 카운터 너머에서 바라보았다.

"……저, 저기 말이야. 너 혹시 내 음식을 먹고 싶어서 여기 온 거야?"

"그런 건……."

"그럼…… 내가 보고 싶어서 온 거야?"

사라질 것 같은 목소리로 물어온다.

사이토는 심장이 빠르게 박동하는 것을 느꼈다.

맞는 말이지만 인정하는 것은 불가능했다. 거절당한 상대를 따라왔다니, 경찰에 신고당해도 어쩔 수 없다.

본심은 밝힐 수 없다.

"그, 그럴 리가 없잖아. 난 지금 혼자 사는 걸 진심으로 즐기고 있어. 네가 나가준 덕분에 너무 편할 정도야."

"……!"

아카네가 얼굴을 일그러뜨렸고, 사이토는 말이 너무 과

했다고 생각했다. 하지만 왜 그녀가 슬픈 표정을 짓고 있는지는 알 수 없었다.

"나, 나도 편해! 매일매일 네 얼굴을 보는 게 지겨웠으니까! 본가 생활이 최고야!"

아카네의 말이 사이토의 가슴에 와 박혔다. 날카로운 가시가 심장 안쪽을 갉아 먹으며 쓰디쓴 말이 복받쳤다.

"그거 다행이네! 나도 게임만 할 수 있어서 최고의 생활이야! 너랑 같이 있을 땐 지옥이었지만!"

아카네가 카운터에 손을 내려쳤다.

"내가 할 대사야! 너 같은 건 생활은 한심하지, 금방 남을 바보 취급하지, 내 마음도 전혀 몰라주고! 최악의 인간이야!"

"너야말로 일일이 너무 까다롭다고! 비위 맞추느라 얼마나 힘들었는지 알아!"

이런 말은 하고 싶지 않은데, 멈출 수가 없었다.

아카네와 싸우고 싶지 않은데. 그저 아카네의 웃는 얼굴을 보고 싶었을 뿐인데.

분하고, 화가 나서, 감정 조절이 되지 않는다.

늘 이렇다. 합리적으로 세상을 내려다봐야 하는 사이토가, 아카네를 대할 때만큼은 냉정할 수 없었다. 자신을 지키려 해도 순식간에 끌어내려 간다.

아카네가 울먹이는 눈으로 소리쳤다.

"바보! 사이토 바보! 다시는 내 앞에 나타나지 마!"

"너도 두 번 다시 말 걸지 마!"

내던지듯 그렇게 말한 사이토는 카페에서 뛰쳐나왔다.

3학년 A반으로 향하는 계단을 오르던 아카네는 계단참에서 사이토와 딱 마주쳤다.

뛰는 심장. 맥박이 거칠어지고 머리가 새하얘졌다.

——지난번 일을 사과해야지.

그렇게 생각하면서도 목소리가 나오질 않고, 긴장한 무릎이 떨려왔다. 입이 무의미하게 벌어졌다. 무한에 가까운 시간이 식은땀이 되어 뿜어져 나왔다.

"……."

사이토는 입을 다물고 아카네를 외면했다. 그대로 아카네 옆을 지나치려 했다.

——무시당했어?!

충격은 곧 억울함으로 바뀌었고, 아카네는 온몸이 이글이글 타오르는 것을 느꼈다.

사이토 못지않게 더 냉담하게 굴어야겠다고 생각하며, 어깨를 들썩이고 발을 쾅쾅 구르며 사이토의 곁에서 멀어져갔다.

혹시나 불러주지 않을까 싶어 돌아보았지만, 이미 사이토의 모습은 계단 너머로 사라진 후였다. 희미한 기대감은 무참히 무너졌다.

카페에서 사이토와 크게 싸운 이후로 매일 이런 상황이 계속되고 있다. 필사적으로 화해할 타이밍을 찾고 있는데도 도무지 찾을 수가 없다.

"으윽…… 난…… 완전 틀렸어……."

아카네는 계단에 주저앉아 양손으로 머리를 쥐어뜯었다.

사이토와 마주하는 것이 두려워 교실에도 돌아가기 어렵다. 또 사이토가 냉담한 태도를 보이면 자신은 견딜 수 없을 것이다. 애초에 지금 상황조차 견디기 힘들었다.

이에 아카네는 현실도피를 하기로 했다.

스마트폰 사진 앱을 열어 부부의 집에서 찍은 사이토의 사진들을 감상했다. 앨범을 만들기 위해 마구잡이로 촬영한 덕분에 사진은 대량으로 있었다.

책을 읽는 사이토, 밥을 먹는 사이토, 침대에서 굴러떨어질 뻔한 사이토. 당시의 즐거웠던 (그런 것치고는 싸움밖에 안 한 것 같지만) 추억에 잠기기에는 충분했다.

"후훗…… 사이토도 참, 스테이크를 얼마나 좋아하는 거야…… 목에 막힐 텐데……."

"언니?! 뭐 해?!"

아카네가 가상의 결혼 생활을 만끽하고 있는데 계단을 올라온 마호가 한가운데 서 있었다.

미소 짓는 아카네.

"어머, 마호. 잘 왔어. 밥 먹고 갈래?"

"'밥 먹고 갈래?'라니! 여긴 학교야! 집이 아니라고~!"

"무슨 소리야? 여긴 집인데? 자, 사이토도 저기서 웃고 있잖아."

아카네는 스마트폰 속을 가리켰다.

"망가지지 마, 누나! 현실로 돌아와!"

마호는 아카네의 어깨를 흔들었다.

"잠깐, 마호. 세상이 흔들리고 있어. 천재지변인가 봐."

"이제 스마트폰 금지! 뺏을 거야!"

"잠깐만! 사이토를 돌려줘!"

"이건 오빠가 아니야! 차가운 기계야!"

"로봇이 되어도 사이토는 무엇과도 바꿀 수 없는 사이
토야!"

"오빠는 로봇이 되지 않았어! 아까도 복도에서 봤어!"

아카네의 스마트폰을 빼앗아 뒤에 감춰버린 마호. 다른
한 손으로 아카네를 끌어안고 달래듯이 등을 쓸어준다.

아카네의 의식이 서서히 현실로 돌아왔다. 그에 따라 가
슴의 통증이 돌아오고 눈물이 차올랐다.

"나 이제 학교 그만둘래!"

"그만두지 마! 장래에는 의사가 될 거잖아?! 난 언니의
섹시한 여의사 모습을 보고 싶단 말이야! 야한 진찰 같은
거 받고 싶다고!"

"나는 그런 상스러운 진찰은 안 해!"

"받을 거야! 언니가 청진기로 전신을 부드럽게 만져주는
게 나의 꿈이야! 이것만은 양보할 수 없어! 그러니까 언니,

정신 차려!"

마호는 위로하고 있는지 욕망을 추구하고 있는지 알 수 없었다.

아카네는 무릎을 껴안고 중얼거렸다.

"하지만 사이토한테 완전히 미움받았어…… 다시는 내 앞에 나타나지 말라고 말해버렸어……."

"평범하게 사과하면 되잖아! '저번에 이상한 농담 해서 미안해♪ 사실은 완전 좋아해♡'라고 말이지!"

"그런 말을 내가 할 수 있을 리가 없잖아!"

생각만 해도 뺨이 업화에 휩싸여 재가 될 것만 같다.

"할 수 있어! 개인적으로는 가슴을 내밀면서 사과하면 더 잘 먹힐 거야!"

"그냥 변태잖아!"

"서비스지! 오빠도 분명 얼굴 중앙에서 침을 흘리면서 좋아할 거야."

"중앙에서 나오는 침이 뭔데?! 그보다 그걸로 기뻐하는 사이토는 싫어……."

고지식할 정도로 스토익하고 쉽게 손을 대지 않는 것도 사이토의 좋은 점이다. 히마리나 시세이에게 호감을 받고도 사이토는 결코 바람을 피우려 하지 않았다.

마호가 허리에 손을 얹었다.

"언니는 요청이 많네~. 화해할 수 있으면 뭐든 상관없잖아. 나라면 일단 오빠 욕조에 숨어 있을 거야! 빨대 같은 걸 써서!"

"닌자야?! 그걸로 사이토와 친해질 수 있을 것 같지는 않은데?!"

"친해질 수 있어! 전라의 미소녀가 수중 잠수 기술로 욕조에 숨어 있는데?! 그리고 머리를 감는 오빠 등 뒤에서 달려드는데?!"

"사이토가 쇼크사할 거야!"

아카네도 마호에게 그런 짓을 당하면 심장이 무사히 남아 있을 것 같지 않았다. 비슷한 일을 어렸을 때 당한 것 같긴 하지만.

"······좋아!"

아카네는 주먹을 불끈 쥐었다.

"뭐야, 뭐야? 화해할 방법이 떠올랐어?"

"그 집에 감시 카메라를 설치하고 오면 돼······ 그럼 언제든지 사이토의 얼굴을 볼 수 있잖아······. 생각의 전환이야! 화해할 필요조차 없었어! 명안이잖아!"

"명안 아니야!"

"그럼 사이토의 몸에 발신기를 집어넣고 계속 추적하면 돼! 그럼 같이 있을 수 있어! 화해한 거나 다름없다고!"

"똑같지 않아! 언니 괜찮아?! 본인이 집을 뛰쳐나와 놓고 스토커 짓을 하는 것 같은데?"

마호는 진심으로 걱정했다.

아카네는 여동생에게 걱정을 끼쳐 미안하다고 생각했지만, 제대로 머리가 작동하지 않으니 어쩔 수 없었다. 원래도 사이토의 일만 되면 쉽게 정신을 못 차렸는데, 최근에는 그것이 특히 심해졌다.

이게 사랑이라면 사랑은 그 어떤 문제집보다도 귀찮았다. 사랑을 몰랐다면 평온할 수 있었을 텐데, 알게 되니 되돌릴 수가 없다.

마호가 한숨을 내쉬었다.

"……정말 어쩔 수 없네. 그런 언니는 도저히 못 보겠으니까 내가 어떻게든 해볼게."

"어떻게든 한다니, 어떻게?"

울먹이는 눈으로 고개를 갸우뚱하는 아카네의 머리를 마호가 쓰다듬었다. 자매가 서 있는 위치가 역전되었지만, 부드러운 손의 감촉이 기분 좋았다.

"괜찮으니까, 언니는 안심하고 나한테 맡겨. 마호의 스페셜한 매력으로 이렇게 하고 저렇게 해 버릴 테니까."

"전혀 전해지지 않아……."

"일단 할머니한테 승부 속옷을 사달라고 해야지. 아니, 수영복이 좋을까~? 거의 끈 같은 걸로!"

"수영복으로 사이토에게 뭘 하려고?! 전혀 안심이 안 되는데?!"

"괜찮아! 난 언니를 정말 좋아하니까♪"

마호가 즐거운 얼굴로 웃었다.

도심 호텔 최상층. 재계 인사 접대에 이용되는 레스토랑 개인실에서 마호는 가죽으로 된 호사스러운 의자에 앉아 있었다.

널찍한 창문 저편으로 보이는 것은 빌딩이 즐비한 하계. 천장에는 샹들리에가 빛나고 거장의 명화가 벽에 장식되어 있다.

새하얀 크로스가 걸린 테이블에는 마호 외에도 할머니인 치요, 그리고…… 사이토의 할아버지인 텐류의 모습도 있었다. 마호가 이런 인물들과 모여 있으리라고는 아카네는 상상도 못 할 것이다.

"할머니, 고마워! 예쁜 옷 많이 사줘서!"

폴짝폴짝 뛰는 마호의 모습에 치요가 부드럽게 웃었다.

"괜찮단다. 이 나이가 되면 차분한 옷밖에 어울리지 않으니까, 젊은 애가 귀여운 옷을 입는 걸 보는 게 즐거움이거든."

"내가 많이 입을게! 근데 할머니도 귀여운 옷 어울릴 것 같은데?"

"어머, 세상에. 그런 말을 해도 이 할미는 안 넘어간다."

"에이, 분명 예쁠 거라니까. 그렇지, 할아버지?"

"음? 뭐…… 그렇지."

텐류가 헛기침했다. 얼굴이 약간 빨개졌다.

"잠깐, 텐류 씨도 참."

치요의 얼굴도 빨갛다.

마호는 입에 손을 얹고 곁눈질로 두 사람을 보았다.

"오호라~ 할아버지도 싫지는 않다는 느낌이네. 할머니, 다음에 입어줘~ 내가 유행하는 옷 코디해 줄 테니까!"

"하여간, 늙은이 놀리는 거 아니다."

"놀리는 거 아니라니까~ 할아버지도 보고 싶지? 그치?"

"…………음."

텐류는 무겁게 고개를 끄덕였다.

"……어쩔 수 없지. 마음이 내키면 입어볼까."

가만히 있지 못하는 텐류와 치요는 마치 고등학생 커플처럼 풋풋했다. 마호는 사이토와 아카네의 모습을 보고 있는 것 같았다.

"할아버지, 미안해. 오늘 두 사람 데이트를 따라와서."

"상관없다. 그쪽 가족과는 언젠가 만나봐야겠다고 생각했으니까."

"나도 오빠의 할아버지는 만나보고 싶었어. 어떤 사람인지 궁금했는데. 오빠랑 완전 닮았네!"

"……호오? 어떤 점이 말이지?"

텐류는 의외라는 듯이 눈썹을 치켜올렸다.

마호는 검지를 입가에 대며 고민했다.

"음~ 다 비슷한데~ 주로 솔직하지 못하고 잘난 척하는 부분이나~ 그래도 좋은 성격이 배어 나오는 부분이나! 그리고 또 은근 귀여운 점!"

"나에게 '귀엽다'고 말하는 인간은 처음이군."

"어? 그래도 할머니한테는 많이 듣지 않아?"

"…………음."

"잠깐, 텐류 씨!"

치요의 붉은 얼굴이 더더욱 붉어졌다.

"아하하, 둘 다 완전 귀여워~♪"

사이토와 아카네의 관계가 삐걱거리는 그 사이에서 마호도 불편함을 느꼈기에, 이 연장자 커플의 달콤한 공기에는 힐링이 됐다.

치요는 차를 홀짝이며 어이없다는 듯이 한숨을 내쉬었다.

"하여간 이 아이는, 흥이 많다고 해야 할지 요령이 좋다고 해야 할지……. 텐류 씨 마음마저 완전히 사로잡아서는."

"이건 천성이야. 그 재능, 호조 그룹에 갖고 싶을 정도로군."

"언니도 조금만 요령이 있었다면 걱정할 일 없을 텐데."

마호는 머리에 떠오른 대로 말을 꺼냈다.

"그렇지! 그 언니 때문에 두 사람한테 상의할 게 있어!"

"뭐지?"

"뭐니?"

텐류와 치요가 선뜻 몸을 내밀었다.

"언니가 지금 신혼집을 나간 건 알고 있지?"

"그래, 물론이지. 곤란하게도."

"일단 묵인하고는 있다만…… 오래 지속될 것 같으면 개입해야겠지."

미간에 깊은 주름을 새긴 텐류. 거기서 쏟아지는 위압감은 설령 사이토의 뇌를 개조해서라도 개입해야 한다고 말하는 것만 같아 두려웠다.

"오빠도 언니도 고집이 세니까 강제로 주의를 줘도 더 꼬이지 않을까? 두 사람의 이야기를 들어보니 화해하고 싶다고는 생각하는 것 같은데."

"흠……."

"그래서~ 할머니랑 할아버지한테 제안할 게 있어. 마호가 하는 부탁♪"

마호는 집게손가락을 세우며 윙크했다.

"오빠♪ 눈 감아, 입 벌리고? 좋은 거 줄게♪"

3학년 A반 교실. 사이토의 책상에 손을 내민 마호가 몸을 내밀며 속삭인다.

마호의 등 뒤에는 네모난 물체가 숨겨져 있다. 누가 봐도 표준적인 인간의 입에 수납할 수 있는 사이즈가 아니다.

"거절한다. 불길한 예감밖에 안 들어."

자신의 자리에 앉은 사이토는 단호하게 고개를 저었다.

"그런 이상한 거 아니야~ 적어도 공벌레는 아니야!"

"공벌레 같은 걸 입에 넣었다간 절연할 거고, 그런 말로는 조금도 신용할 수 없어."

"무당벌레도 아니야! 딱정벌레도 아니야!"

"왜 벌레만 나열해?! 벌레 계열의 뭔가를 먹이려는 거야?!"

완고하게 입을 다문 사이토 옆에서 시세이가 활짝 입을 열었다.

"시세는 마호를 믿어. 뭐든 다 넣어줘."

"시짱 상냥해! 이것저것 다 넣을래! 10톤 정도 들어갈까?"

"여유."

엄지손가락을 치켜드는 시세이.

"여유롭지 않아!"

사이토는 시세이의 입을 두 손으로 막아 보호했다.

"정말! 오빠는 경계심이 너무 심해~ 평범한 초대장인데! 받아!"

마호가 네모난 물체를 사이토 앞에 내밀었다.

그것은 '호조 사이토 님 일행 숙박권'이라고 적힌 봉투였다. 정성스럽게 색종이까지 달려 있다. 제목은 마치 노령의 궁녀가 붓으로 쓴 것처럼 달필이지만, 주위에 반짝이 스티커가 붙어 있어 간극이 심했다.

"초대장……? 그럼 처음부터 평범하게 전해 줘."

사이토는 경계 태세를 풀었다.

뭘 모르네, 라고 말하듯 마호가 검지를 흔들었다.

"평범하게 주면 오빠가 안 받을 수도 있잖아?"

"입에 쑤셔 넣는 쪽이 더 받기 싫어!"

그리고 시세이의 입에 넣었다면 읽지도 못하고 먹혀버렸을 것이다.

"그렇구나~ 초등학교에서는 안 알려줬어!"

"배우지 않아도 좀 알아줘……."

상식 같은 진부한 가치관은 싫어하는 사이토지만, 이 정도면 상식도 조금은 필요하지 않을까 하는 생각이 들기 시작했다.

두툼한 봉투를 열자, 안에는 여관 숙박권뿐만 아니라 신칸센 표, 식사권, 입장권 등이 두 장씩 들어 있었다.

"……이건 필요 없네."

동봉된 마호 수영복 셀카 사진을 사이토는 하늘로 날려버렸다.

"아, 잠깐만! 왜 버려?! 나의 귀중한 섹시샷인데?!"

황급히 사진을 캐치하는 마호.

"내가 갖고 있어도 의미가 없으니까."

"의미 있어! 매일 밤 나의 사진을 보고 할짝할짝 핥으라고! 그게 오빠잖아?!"

"내 인간성에 관해 중대한 오해가 있는 것 같은데…… 안 핥아!"

"핥아! 저번에 내가 놀러 갔을 때도 아침까지 핥아대느라 놔주지 않았잖아!"

"오빠……?"

시세이의 힐난 어린 시선이 사이토에게 박혔다.

"아니야! 제대로 날짜가 바뀌기 전에는 돌려보냈어!"

"하지만 마호와 둘이 놀았다는 건 사실이지……? 둘이서만……? 뭐 하고 놀았어……?"

심문해 오는 시세이.

마호는 어깨를 비틀며 부끄러워했다.

"우후후~, 그야 물론 그거지~♡"

"오빠는 악질……. 아내가 나가자마자 시누이에게 손을 댔어……."

시세이의 목이 전에 없을 만큼 좌우로 흔들렸다. 시계추 같은 운동이다.

이 녀석 이런 움직임도 할 수 있구나…… 라고 사이토는 생각했지만, 여동생의 잠재 능력에 감명받고 있을 때가 아니었다.

"오빠에게~ 듬뿍 받아버렸지 뭐야♪ 태어나면 이름을 붙여줘, 시짱!"

"아니라니까!"

반 친구들이 술렁이기 시작하자 사이토는 마호와 시세이를 잡아채 3학년 A반 교실에서 벗어났다. 가까운 빈 교실에 뛰어들어 힘차게 문을 닫았다.

　마호와 시세이는 바닥에 주저앉아 서로를 끌어안으며 몸을 떨었다.

　"오빠, 설마 여동생을 더블로 먹어버리다니⋯⋯."

　"오빠는 악질킹⋯⋯."

　여동생들의 장난에 어울리다간 끝이 없었기에 사이토는 무시했다.

　"이 초대장은 뭐야? 왜 나한테 줘?"

　"오빠를 사랑하니까♡"

　꺄악, 하고 마호는 붉은 뺨을 양손으로 감싸 안았다.

　사이토는 마호의 턱을 움켜쥐었다.

　"됐으니까, 사실대로 얘기해 보실까⋯⋯."

　"용기 내서 선물한 여자애를 협박하는 거야?! 평범하게 오빠랑 여행하고 싶어서 그랬어! 저번에 같이 게임하면서 놀았던 것도 너무 즐거웠고!"

　"그렇다고 해도 오빠와 단둘뿐인 여행을 보내줄 순 없어."

　사이토 앞을 가로막는 시세이. 섀도복싱 같은 것을 하고 있지만 귀여울 뿐이라 외형은 거의 고양이 펀치였다.

　"물론 그 초대장은 시짱이랑 오빠 두 사람 거야."

　"오."

고개를 갸웃하는 시세이.

"시짱이랑도 놀고 싶으니까. 오빠랑 나랑 시짱이랑 셋이 여행 가는 거야. 우리 할머니 지인이 하는 온천 숙소인데, 졸라서 티켓을 받았거든!"

"신칸센 티켓 같은 것도?"

"응! 내가 조르면 사람들은 대부분 뭐든지 다 줘! 난 귀엽잖아~ ♪"

마호는 좌우 검지를 뺨에 푹 찌르며 수줍게 말했다.

"시세도 너도 장래가 두렵다."

"어? 너무 귀여워서 두려워? 이해해~!"

이들은 자신의 매력을 살리는 데는 천재다. 악용하면 나라가 기울어질 수준일지도 모른다.

시세이가 진지한 모습으로 말했다.

"……한 가지, 마호에게 확인해 두고 싶은 게 있어."

"뭔데?"

마호가 시세이의 얼굴을 들여다보았다.

"그 온천은 맛있어?"

시세이는 침을 흘리며 물었다.

"온천을 다 마실 생각이야?!"

사이토는 온천가의 존속에 위협을 느꼈다. 이 아름다운 재앙이 닥친다면 그 아무리 윤택한 지하의 원천수라도 무사하지 못할 것이다.

시세이가 정정했다.

"잘못 말했어. 그 온천 숙소의 요리는 맛있어?"

"음, 정확히는 모르겠지만 케셀란 가이드? 그런 거에서 별 백 개 받았을 정도로 맛있다던데? 아, 천 개였나?"

"너무 부정확해!"

그 레스토랑 가이드의 평점은 최고가 별 세 개다.

"어쨌든 맛있다는 뜻이지! 요정을 하시는 우리 할머니가 추천해 줬을 정도니까 기대해도 괜찮아."

시세이가 사이토의 소매를 잡아당겼다.

"오빠, 오빠. 시세는 오빠랑 여행하고 싶어. 오쿠의 작은 길 놀이가 하고 싶어."

"오쿠의 작은길 놀이가 뭐야?"

"마츠오 바쇼*가 돼서 전국 먹방 투어를 하는 거야."

"바쇼는 그런 여행을 한 인물은 아닌 것 같은데…… 뭐, 기분 전환은 될 것 같으니까 가는 것도 괜찮겠지."

그러나 사이토에게는 궁금한 점이 있었다.

"그…… 마호 할머니의 지인이 경영하는 숙소라는 건 혹시 아카네도 있다거나…… 그런 건 아니겠지?"

"안 와! 내 몸을 걸고 약속할게!"

"걸지 마! 본인의 몸을 소중히 여겨!"

"만일 약속을 어기면 내 몸을 좋을 대로 써도 괜찮아! 오빠가 원한다면 흰색 스타킹이든 전신 스타킹이든 다 입을게!"

---

*일본의 시인. 여행을 자주 다녔다고 알려져 있으며 오쿠의 작은길이라는 기행문으로도 유명하다.

"오빠……."

흰색 스타킹을 자주 착용하는 시세이가 슬쩍 치맛자락으로 다리를 가렸다.

"나한테 그런 페티시는 없어!"

사이토는 황급히 변명했다. 향후 여동생과의 분위기가 미묘해지는 것만은 피하고 싶다.

"나를 믿어! 나는 순수하게 오빠와 즐겁게 보내고 싶은 것뿐이야!"

마호는 사이토의 어깨를 잡고 똑바로 마주 보며 단언했다.

거짓 없는 맑은 표정. 그 두 눈은 아침 햇살을 받은 호수처럼 아름답게 반짝반짝 빛났다.

"이렇게나…… 티 없는 맑은 눈동자라니……!"

사이토는 마호를 믿기로 했다.

믿었는데.

여행 당일, 사이토와 시세이가 약속했던 역 앞에 도착할 거라고.

하지만 그곳에 기다리고 있던 사람은 마호, 히마리, 아카네 세 사람이었다.

"왜 아카네가 있어?!"

"왜 사이토가 왔어?!"

사이토와 아카네가 모두 기겁하며 마호에게 다가갔다.

과장되게 어깨를 으쓱하는 마호.

"에엥~? 내가 말 안 했나? 평소 멤버 5명이 여행하자고."

"못 들었어! 셋이라고 했었잖아!"

"아아, 미안, 미안. 말하는 걸 깜빡한 것 같아! 그러면 중대 발표! 오늘은~ 오빠랑 시짱도 참가합니다 ♪"

마호가 장난스럽게 혀를 내밀었다.

"난 너를 믿고 여기에 온 건데……."

"응, 고마워! 사랑해, 오빠!"

찡긋 윙크하며 키스를 날려온다.

"고마워, 라니……."

고쳐 말하는 것도 정도가 있다.

사이토는 힐끔 아카네 쪽으로 시선을 보냈다. 순간 눈이 마주쳤지만 이내 아카네는 눈을 돌렸다. 천천히 뒷걸음질치더니 히마리 뒤로 자취를 감춘다.

──뭐…… 그렇겠지. 싫어하겠지.

사이토는 가슴 속에 둔한 통증이 욱신거리는 느낌을 받았다.

"나는 돌아갈게. 여행은 넷이 다녀와."

"왜?! 오빠도 가자! 사람이 많은 편이 더 즐거워!"

마호가 열심히 호소했다.

"나는 해야 할 게임도 있어."

"여관에 가져가면 되잖아!"

"집이 더 편하고 아침부터 저녁까지 플레이할 수 있어. 어쨌든 나는 관둘게."

사이토는 세 사람을 등지고 걷기 시작했다.

외풍이 옷 사이로 스며들어 가슴 속을 파고드는 느낌. 자유만이 기다리고 있는 그 집으로 돌아가는 것에, 어쩐지 오늘은 조금도 기쁨이 느껴지지 않았다.

사이토의 상의 뒤가 붙잡혔다. 아직도 마호가 말리려고 하는 거겠지.

"이제 좀 그만……."

사이토가 뒤를 돌아보자.

윗도리를 움켜쥐고 있던 것은 아카네였다. 얼굴을 붉힌 채 몸을 떨면서도 사이토를 올려다보고 있다.

"아, 아카네……?"

"가, 같이……."

사그라질 것 같은 속삭임이, 살짝 벌어진 아카네의 입술에서 새어 나왔다.

"뭐……?"

"같이…… 가자. 사이토도."

예상치 못한 말에 사이토는 귀를 의심했다.

카페에서 크게 싸우고 난 뒤로 아카네의 태도는 계속 찬바람이 쌩쌩 불었고, 얼굴을 마주해도 인사조차 안 해 줬었는데.

"괘, 괜찮겠어……?"

끄덕, 아카네가 고개를 움직였다.

귀도 목덜미도 진홍색으로 물들고, 입술을 꼭 다문 채 고개를 숙이고 있다. 양 무릎을 떨면서도 그 손은 사이토를 놓치지 않으려는 듯 강하게 상의를 쥐고 있었다.

——너는…… 무슨 생각인 거야……?

사이토는 점점 더 아카네의 마음을 알 수 없었다.

화가 난 것인지 아닌지. 사이토를 싫어하는 것인지 아닌지. 그녀의 마음속이 조금도 보이지 않아 초조함만 더해졌다.

히마리가 사이토의 팔을 끌어안았다.

"봐, 아카네도 괜찮다고 하니까 가자! 나도 사이토 군과 같이 여행하고 싶어~."

"시세도 오빠랑 함께가 아니면 안 가."

시세이가 사이토의 허리에 달라붙었다. 빨판상어를 방불케하는 흡인력이다.

마호는 입가에 손을 얹고 놀리듯 웃었다.

"후후, 오빠도 참 인기만점이네."

"인기만점 아냐."

그 증거로 아카네에게서는 귀신 같은 형상의 눈빛이 날아오고 있다. 가지 말라고 말린 지 얼마 되지 않았는데 증오를 받고 있으니 도저히 의미를 알 수가 없다.

그렇다고는 해도.

"……알았어. 나도 갈까. 모처럼 마호 할머니께 티켓을 받았는데 쓰지 않는 것도 죄송하니까."

"말은 그렇게 하면서~ 사실 오빠도 처음부터 엄청나게 가고 싶었지?"

마호가 사이토를 팔꿈치로 쿡쿡 찔렀다.

억울하지만 맞는 말이었고, 여기서 부정하면 더 복잡해질 것 같아 사이토는 결국 입을 다물었다. 아카네와 화해할 기회를 얻을 수 있다면 마호에게 놀림을 받는 정도의 대가는 감수할 수 있었다.

마호는 우쭐한 얼굴로 연신 고개를 끄덕였다.

"알아, 오빠. 마호는 전부 다 알아."

"대체 뭐를……."

"이 마호가 뱉은 공기를 마실 수 있다면 뭐든지 할 각오인 거지? 오빠는 내 날숨을 들이마시기 위해 태어났으니까!"

"구제할 길 없는 변태네……."

어깨를 부들부들 떠는 아카네.

"아니거든!"

"오빠는~ 언니의 날숨도 갖고 싶구나♪"

"뭐?! 뭐어어어어어?!"

아카네는 손으로 ×표를 만들어 입을 막더니 사이토로부터 100m 정도 거리를 벌렸다. 무슨 일이 있어도 사이토와 공기를 공유하지 않겠다는 모습이다.

"그건 진짜로 아니야! 돌아와, 아카네!"

"즉 내 숨은 마시고 싶다는 뜻이야?! 좋아, 자!"

사이토에게 입술을 갖다 대는 마호. 스읍 하아, 하며 달콤한 한숨이 풍겨왔다.

"입에 박스테이프를 붙여줄까!"

"신난다~! 오빠한테 이상한 플레이를 강요당했다~!"

"오빠……. 그렇게 이산화탄소에 굶주렸다면 호조 그룹 공장에서 탱크째로 들이마시는 게 어때."

시세이에게서는 경멸도 비난도 아닌 압력이 느껴지는 시선이 쏟아졌다. 딱히 사이토는 이산화탄소 마니아가 아닌데, 소문이란 이렇게나 무섭다.

"다들 이제 가야 해. 전철이 올 거야~!"

호소하는 히마리.

사이토가 역 앞 시계를 확인하자 출발 시각 3분 전이었다.

일행은 황급히 역사 계단을 뛰어 올라갔다. 시세이가 발을 헛디딜 뻔해 사이토는 시세이를 겨드랑이에 끼고 달렸다.

받고 있던 표를 이용해 개찰구를 빠져나와 다시 계단을 뛰어내려 승강장에 도착했을 때는 벨이 울리고 있었다.

전철에 뛰어든 다섯 명은 숨을 헐떡이며 좌석에 주저앉았다.

"어, 어떻게든…… 시간에 맞췄네……."

"그, 그러게……."

안도하며 웃자, 옆에 앉아 있던 것은 아카네였다. 서두르는 바람에 자리를 고를 여유도 없었던 것이다.

""아⋯⋯.""

두 사람 동시에 상대방이 옆자리인 것을 깨닫고 고개를 돌렸다.

서서히 높아져 가는 체온. 답답한 것은 달려서 그런 탓만은 아닐 것이다. 좌석 공간이 좁아서 열이 오른 아카네의 어깨가 사이토에게 짓눌려 있다.

사이토는 고동이 빨라지는 것을 느꼈다.

긴장된다.

하지만 그뿐만이 아니다.

도대체 뭘까, 이 달콤한 맥동은.

"자, 자리⋯⋯ 바꿔 달라고 할까⋯⋯?"

아카네가 작은 소리로 사이토에게 물었다.

"네가⋯⋯ 바꾸고 싶다면⋯⋯."

사이토도 작은 소리로 대답했다.

아카네가 어떤 표정을 짓고 있는지 알 수 없어 그 얼굴을 볼 수 없었다. 만약 혐오스러운 표정을 짓고 있다면 참기 힘들 것 같았다.

"나, 나는⋯⋯ 딱히 이대로도⋯⋯."

"그, 그렇구나⋯⋯."

고동이 더욱 빨라졌다. 심장 터지지 않을까 싶을 정도로.

이대로 목적지까지 가는 건가? 나는 갈 수 있는 건가?!

사이토는 자신의 목숨에 위협을 느꼈다.

빠르게 지나가는 창밖의 경치를 바라보며 정신을 돌리려 했지만 잘되지 않았다.

옆의 아카네도 스마트폰을 응시하는 것처럼 보였지만 사실 힐끔거리며 사이토 쪽을 보고 있었다. 애초에 스마트폰의 홈 화면에서 조금도 움직이질 않았다.

숨 막히는 공기 속에서 시간이 흘러갔다.

중간에 일반 전철에서 신칸센으로 갈아타며 겨우 진정되는가 싶었는데, 어째서인지 또 아카네 옆이 되었다. 신칸센에서 현지 전철로 갈아타도 역시 아카네와 동석. 사이토는 마음 놓을 틈이 없었다.

──혹시 아카네는 나를 말살할 기회를 엿보는 걸까? 그래서 여행에 참여해서 내 옆을……?!

사이토는 그런 의심에 사로잡혔다.

좋아하는 남자가 생겨서 집을 나갔으니 전 남편인 사이토가 방해될지도 모른다. 사이토는 아직 이혼 신고서에 서명하지 않았으니, 아카네는 사별을 노리고 있을 가능성도 있다.

──잠들면 죽을 거야!

사이토는 두 눈을 크게 뜨고 경계했다. 설사 안구건조증이 된다 해도 아카네에게서 잠시도 눈을 떼지 않을 작정이었다.

"왜, 왜 그래? 내 뒤에 귀신이라도 있어?"

찌르는 듯한 시선에 아카네가 당황했다.

사이토는 진지한 얼굴로 대답했다.

"널 계속 보고 싶어. 그뿐이야."

"뭐, 뭐어?! 무무무무슨 뜻이야?!"

아카네가 새빨갛게 물든 얼굴로 몸을 움츠린다. 무릎 위에서 양손을 꼭 움켜쥐고 땀을 흘리며 입술을 앙다물고 있다.

"알고 있어…… 네 마음."

"뭐?! 뭐어어어어어엇?!"

아카네는 부들부들 떨고 있었다.

──역시나 맞았군.

사이토는 확신했다.

아카네는 꺼림칙한 일을 꾸미고 있었고, 그 책모를 간파당해 동요한 것이다. 사이토가 눈치채지 않았다면 자칫 온천탕 살인의 막이 열릴 뻔했다.

그렇게 생각한 사이토였지만, 그 이후로 아카네는 사이토 쪽으로 시선을 주려고도 하지 않았다. 숨겨둔 무기를 꺼내는 내색도, 이성을 잃고 덤벼드는 일도 없었다.

지극히 평화로운 상태에서 전철은 목적지에 도착했고, 사이토와 다른 아이들은 승강장에 내렸다.

"으으, 피곤해~ 온몸이 잔뜩 뭉쳤어~."

마호가 기지개를 켜며 걸었다.

시세이가 칠흑 같은 알약을 내밀었다.

"호조 그룹 특제 순식간에 온몸이 녹는 약, 필요해?"

"필요해, 필요해~!"

"그만둬."

수수께끼의 약에 달려들려는 마호를 사이토가 제지했다.

"왜 말리는 거야?! 오빠는 내가 바위가 되어도 좋다는 거야?!"

"네가 물이 되는 걸 막으려는 거야."

"즉 나를 걱정한 거구나~! 오빠 좋아~!"

인파 속에서도 끌어안는 마호.

"그래, 그래."

사이토는 떨어뜨리는 것도 귀찮아서 내버려 두었다.

개찰구를 지나자 역 바로 앞에 폭이 넓은 도로가 곧게 뻗어 있었고, 그 앞으로 바다가 보였다. 사이토가 살고 있는 거리에 비하면 시골이었기에 차량의 왕래는 적었다.

바다 멀리 섬과 산이 이어져서 안개 낀 녹색 그러데이션을 만들고 있었다. 맑고 푸른 하늘 위로는 한 줄기 선명한 백운이 붓 그림처럼 그어져 있다.

히마리가 눈을 감고 심호흡했다.

"좋은 냄새…… 바다 냄새인 걸까……."

"아니야. 새우랑 게랑 도미랑 소라 냄새."

"그, 그렇게까지 자세히는 모르겠지만……."

"시세는 알아. 이 마을은…… 시세를 기다리고 있어."

시세이는 침을 흘리면서도 늠름한 얼굴로 하늘을 올려다보았다.

마호가 시세이와 히마리의 손을 잡았다.

"당연하지! 여기는 '생선 시장 거리'라고 해서 해산물을 먹으러 다니는 관광지야! 시짱 이런 거 좋아하지? 나도 좋아져서 안고 싶어졌지?"

"아니지만 마호에 대해서는 다시 봤어."

"신난다~! 오늘 밤은 시짱과 열애 나이트다~!"

"내 말을 들었으면 좋겠어."

"응, 응! '잠자리 토크' 많이 나누자~!"

달려가는 마호에게 끌려가는 시세이와 히마리. 사이토와 아카네도 떨어지지 않기 위해 달려갔다.

해안가 거리에는 해산물 가게들이 즐비했다.

가게 앞에는 고등어, 은어, 금태, 오징어, 붉은새우, 가리비 꼬치구이, 생굴, 구운 굴, 삶은 굴 등 온갖 해산물이 진열되어 있었다.

흥겨운 호객 행위가 오가고 관광객들의 경쾌한 목소리가 쏟아진다.

구운 음식의 가열은 끝났지만 주문하면 점원이 다시 구워

준다고 한다. 육수에 해산물을 듬뿍 사용한 반야지루라는 이름의 생선국도 한 그릇에 단돈 200엔에 판매되고 있었다. 그릇 한쪽에 게 발톱이 튀어나와 있는 것이 신선했다.

"오오오오오오오……."

시세이는 크게 뜬 눈을 반짝이며 부들부들 몸을 떨었다. 평소에는 쉽게 감정이 드러나지 않는 시세이조차 쉽게 억누르지 못하는 모습이다.

"맛있겠다~!"

히마리의 말에 시세이가 크게 고개를 끄덕였다.

"시세는 지금 평생의 침을 흘리고 있을 자신이 있어. 이대로라면 침으로 탈수 증상이 생길 거야."

"괜찮아?! 차라도 사 올까?!"

"문제없어. 설령 그것 때문에 미라가 되더라도 시세는 바라던바. 여기서 목숨을 버릴 각오."

"지지 마."

사무라이처럼 결의를 선언하는 시세이를 사이토는 제지한다. 고모를 위해서라도 시세이는 책임지고 무사히 데려가야 했다.

시세이가 기대를 담아 가게 앞 상품을 응시하고 있는데 초로의 주인이 말을 걸어왔다.

"아가씨, 인형 같구먼! 뭘 줄까? 서비스해 주마!"

"다 갖고 싶어."

"모든 종류를 하나씩 다? 작은 아가씨한테는 힘들지 않을까?"

"하나씩이 아니야. 여기 있는 상품 다 갖고 싶어."

"?!"

흠칫 놀라는 주인.

"여기 있는 상품만으로도 부족해. 가게의 재고, 전부 갖고 싶어."

"잠깐만, 그러면 내일 장사가……."

"갖고 싶어"

"으윽……."

시세이에게서 풍기는 기묘한 박력을 눈치챈 것인지 점주가 주춤거리며 뒷걸음질 쳤다. 어른이 어린 여자아이를 상대로 창백해지고 있다. 시세이는 요괴처럼 두 손을 들고 조금씩 다가섰다.

"위협하지 마."

"후아."

사이토는 시세이의 옷깃 뒤쪽을 잡아 확보했다.

주인은 수건으로 이마의 식은땀을 닦으며 가게 안쪽으로 들어갔다. 저것은 전선을 젊은 무리에게 맡기고 도망을 결심한 이의 얼굴이다.

생선 시장 거리의 가게는 안쪽으로 넓게 펼쳐져 있었다. 가게 앞의 소금구이뿐만 아니라 안쪽에는 토종 생선회, 건 어물, 테이크아웃용 연어덮밥, 청어알 등도 즐비했다.

한 마리가 통째로 된 자반연어 같은 것도 걸려 있는데 저건 누가 사갈지 의문이었다. 그러나 스티로폼 상자를 몇 개나 안고 돌아가는 손님도 있으니 의외로 물건이 대량으로 팔리는 것일지도 모른다.

해산물 가게의 2층이 식당으로 된 가게도 있었는데, 한 가롭게 앉아 식사하려는 어르신들이 계단을 올라가고 있었다. 가게 앞에 놓인 메뉴판의 가격은 저렴했지만, 젊은 사람들은 대체로 먹으며 돌아다니기에 바빴다.

어디서 입수했는지 히마리는 관광 가이드 책자를 읽고 있었다.

"이 거리는 게가 명물이래. 다른 곳에서는 먹을 수 없는 게 요리가 여러 가지 있다는데? 게 소프트아이스크림이라든가, 게 케이크라든가, 게 슈크림이라든가!"

"억지로 짜 맞춘 느낌이 엄청난데……."

어떻게든 독자적인 명물을 만들어 내려고 노력한 느낌은 있었다.

"마이써."

그리고 이미 시세이는 게 소프트아이스크림을 먹고 있었다. 입 주위에는 진홍색 크림과 게 발톱이 묻어 있다.

히마리가 아카네와 팔짱을 끼고 옆 가게의 깃발을 가리켰다.

"저쪽에 게 파르페라는 게 있어! 아카네, 반씩 나눠 먹자!"

"게 파르페는…… 용기가 안 나는데."

"그럼 게 딸기 크레이프는 어때?"

"딸기?! 그렇다면 분명 맛있을 거야!"

"넌 딸기라면 뭐든 괜찮은 거냐."

사이토가 어이없어했다.

아카네가 턱을 치켜들었다.

"무슨 소리야, 딸기는 만능 재료라고? 카레의 재료로 딸기를 넣으면 감칠맛이 나는 데다 딸기밥 같은 것도 있어."

"딸기밥?! 맛이 상상이 안 되네."

"엄청 맛있어! 다음에 저녁에 해 줄……."

즐거운 듯이 말한 뒤, 아카네는 입을 꾹 다물었다.

그것은, 불가능하다.

늘 하던 습관대로 제안해 버린 것이지만, 두 사람은 더이상 함께 살고 있지 않으니까.

그 사실을 새삼 깨달은 사이토는 가슴에 쓴 무언가가 퍼지는 느낌을 받았다. 왜 이런 느낌이 드는지 모르겠다.

아카네가 조심스러운 눈빛으로 사이토를 올려다보았다.

"네, 네가 먹고 싶다면……."

"뭐……?"

"도시락으로…… 만들어줘도 될까?"

"나, 날 위해서……?"

"으, 응……."

고개 숙이는 아카네의 볼이 딸기처럼 물들어 있다.

사이토는 꿀꺽 침을 삼켰다.

"그렇다면…… 부탁해."

"알았어. 기대하지 말고 기다려!"

아카네는 히마리의 팔에 매달리더니 사이토 곁에서 도망치듯 달려 나갔다. 파도에 반사된 햇빛을 받아 반짝이는 뒷머리가 흔들렸다.

"……."

남겨진 사이토는 자기 가슴을 눌렀다.

심장을 찌르던 고통은 사라지고, 대신 고동이 거세게 날뛰고 있었다.

다 같이 바닷가 거리를 몇 번이고 왕복하며 해산물을 실컷 만끽한 뒤.

"배도 부르니까 사파리 파크에 가자~!"

마호가 씩씩하게 주먹을 들어 올렸다.

아카네가 눈을 반짝였다.

"사파리 파크는…… 처음이야! 귀여운 고양이들이 많겠지?"

"없는데?! 고양이 카페라고 착각한 거 아냐?!"

사이토는 걱정이 들었다.

"있잖아. 사자라든가 치타라든가 호랑이라든가."

"고양잇과 동물이긴 하지만 고양이는 아니야!"

"이상한 곳에서 까다롭네."

"너는 이상한 데서 너무 엉성한 거 아냐?!"

"우후후…… 기대된다…… 고양이…… 고양이……."

아카네의 머리는 이미 고양이 밭이 되어버린 모양이다. 사이토의 모습도 시야에 들어오지 않는 것 같았다.

마호가 상황을 파악한 얼굴로 사이토의 어깨를 두드렸다.

"소용없어, 오빠. 저렇게 된 언니는 한동안 돌아오지 않으니까. 마트에 가면 애완동물 코너 근처를 지나가지 않게 유도하는 게 중요해. 그렇지 않으면 돌아갈 수 없게 되니까."

"그런 요령이 있어?"

"조금만 더, 조금만 더 하면서 폐점할 때까지 애완동물 코너에 눌러앉아 있는 게 언니거든!"

"역시 과거 고양이 카페에 출입 금지당한 여자……."

"굉장하지! 너무 존경스러워!"

어디에 존경할 만한 요소가 있는지는 알 수 없었지만, 자매가 화목한 것은 좋은 일이다.

아카네가 웃는 얼굴로 뒤를 돌아보았다.

"그래서? 사파리 파크는 어디 있어?"

"바로 근처야. 봐, 저기서 리프트가 움직이지?"

마호가 가리킨 끝에, 사이토 일행이 있는 평지에서 아득히 먼 산꼭대기를 향해 케이블에 매달린 2인승 리프트가 오가고 있었다.

로프웨이 같은 튼튼한 상자 모양이 아니라 평범한 의자. 리프트에서 지표까지는 10m 정도의 높이가 있고 승객의 발은 공중에 떠 있다.

히마리가 소리쳤다.

"재밌겠네!"

"그렇지! 지금 계절은 바람이 쌩쌩 불어서 기분 좋대!"

마호도 의욕이 넘쳤는데, 아카네의 얼굴은 가면처럼 얼어 있었다.

"나, 나는 도보로 갈게!"

"무리 아닐까? 등산로로 가면 5시간 정도 걸린다고 적혀 있는데?"

히마리가 입간판 지역 안내도를 바라보았다.

"그럼, 전철로……."

"미안해, 언니. 전철은 사파리까지 운행 안 해. 버스도 없는 것 같아."

"사람이 하늘을 이동하다니 이상해! 인간은 땅에 발을 붙이고 사는 생물이라고!"

아카네는 가로수에 양손과 양발을 모두 휘감은 채 주저앉아 있었다. 고등학생이 되어 그런 포즈를 해도 괜찮을까, 사이토는 걱정이 들었지만, 어떻게든 대지에서 떨어지지 않겠다는 남다른 각오는 전해졌다.

마호가 아카네의 손을 잡아당겼다.

"괜찮다니까. 절대 떨어지지 않게 내가 언니의 가슴을 누르고 있을게!"

"하필 거기?! 달리 누를 수 있는 곳은 많잖아?!"

"없어! 리프트 위에서는 도망갈 수 없으니까 원하는 만큼 언니의 온몸을…… 우헤헤."

"히마리! 같이 타자!"

아카네는 마호 곁에서 떨어져 히마리의 손을 잡았다.

"언니?! 날 의심하는 거야?!"

"의심하기 전에 이미 본인이 성희롱 선언을 했잖아!"

"안 했어! 나는 언니 온몸에 오일 마사지를 해 주려고 한 것뿐이야! 건전한 마사지라고!"

"리프트 위에서?!"

마호가 강경하게 주장했다.

"리프트 위에서 오일 마사지를 하면 안 된다는 말은 공식 사이트에도 없었어!"

"당연히 안 적혀있지! 아무도 안 하는 짓이니까!"

"불법이 아닌 건 다 합법이니까 괜찮아! 저기, 오빠도 언니한테 공중에서 오일 마사지 하고 싶지?!"

"아니, 전혀."

사이토는 정색하고 부정했다.

"오빠 이 배신자~! 어제는 꼭 하겠어, 언니가 녹초가 될 때까지 해 버리겠어! 라고 했으면서!"

"사이토?!"

"말하지도 않았고 배신하지도 않았어!"

엉뚱한 곳에서 날아든 누명에 온 힘을 다해 회피하는 사이토. 공범자가 많으면 죄가 가벼워질 것이라는 계산속일지도 모르지만, 날벼락도 이런 날벼락이 없다.

아카네는 마호와 (그리고 사이토에게서도) 거리를 벌리며 주먹을 쥐었다.

"리프트 같은 건 타고 싶지 않지만, 최선을 다할게. 저 산 너머에서 기다리고 있을 내 고양이를 위해……!"

"화이팅, 아카네! 같이 힘내자!"

아카네와 장단을 맞춰주는 히마리는 좋은 녀석이구나, 사이토는 생각했다. 만일 아카네가 떨어질 것 같아도 히마리가 옆에 있으면 안전하겠지.

리프트 승강장으로 향하는 다섯 명.

"어쩔 수 없지. 그러면 대신 오빠에게 공중 오일 마사지를……."

"필요 없어. 나는 시세랑 탈 거야."

"엑! 나 혼자야? 너무한 거 아냐?!"

"시세를 혼자 태우면 걱정되니까."

시세이는 가슴을 폈다.

"애 취급 안 해도 돼. 시세는 훌륭하게 하늘을 날아 보이 겠어."

"날지 마! 평범하게 타라고!"

"이런 일도 있을까 싶어서 호조 그룹 특제 스마트폰 낙 하산을……."

"안 써도 돼!"

사이토는 간담이 서늘해지는 기분에 시세이의 손을 움 켜쥐었다.

시세이가 굴러떨어지지 않도록 신경을 곤두세우며 리프 트를 탔고, 작은 어깨에 팔을 돌려 고정했다.

"이 얼마나 신사적인 에스코트인지. 오늘의 오빠는 적극 적이야."

시세이가 뺨을 두 손으로 감싸 안았다. 부끄러워하는 몸 짓이지만 표정은 변하지 않았다.

"너도 내 옷 잡고 있어."

"떨어질 때는 지옥의 밑바닥까지 같이 내려가고 싶다는 뜻이야? 알았어."

"그런 뜻은 아니야."

이러쿵저러쿵하면서도 시세이 역시 사이토의 허리에 매 달렸다.

두 사람의 발밑은 현기증이 날 정도로 높았고, 멀리서 드러난 산기슭이 보였다. 아카네가 아니더라도 이 높이에서는 마음 편히 있기 어려웠다.

"괜찮아? 무섭지 않아?"

사이토가 옆을 쳐다보자.

"우물우물."

시세이는 게를 먹고 있었다. 한 마리를 통째로.

"뭘 하는 거야?!"

"오빠는 시세가 게 말고 다른 걸 먹고 있는 것처럼 보여? 그렇다면 이상."

"이상한 건 이 상황에서 식사를 감행하는 너야! 나중에 먹어!"

"뒤로 미루다 보면 인생은 순식간에 끝나버려. 사람의 목숨은 덧없어."

"무슨 소리야?!"

"인생관 얘기. 시세는 세상의 진실을 밝히려고 하는데 오빠는 음식 얘기뿐이야. 욕망으로 얼룩진 인류."

"안전보다 식욕을 우선시하는 너한테는 듣고 싶지 않아!"

하지만 리프트 위에서 다투다가 시세이가 떨어져도 곤란했기에 무리하게 식사를 관두게 할 수도 없었다.

말다툼하는 동안 시세이는 게를 완식하고 다음 식량을 호주머니에서 꺼내려 했다. 정체는 불분명하지만, 생선 꼬리 같은 것이 살짝 보였다.

"적당히 해."

사이토는 시세이의 손을 잡았다.

"시세의 손을 잡고 싶었으면 처음부터 그렇게 말하면 돼. 오빠는 부끄럼쟁이."

"그래, 그래. 부끄럼쟁이다."

이제는 반론하기도 귀찮았다.

사이토와 시세이의 앞쪽 리프트에는 아카네와 히마리가 타고 있었다. 아카네는 어지간히 무서운지 히마리에게 매달려 있다.

히마리는 한껏 짓눌린 자세 속에서도 아카네의 머리를 쓰다듬으며 안심시켰다. 압사 위기에 처하면서도 절친을 챙기는 모습은 역시 인격자다.

이윽고 리프트가 산꼭대기에 도달했다.

승강장 주변에는 넓은 공간이 펼쳐져 있었고 매표소 건물과 화장실이 있었다. 동물 모양을 본뜬 사파리 버스와 철망으로 된 튼튼한 장갑으로 무장한 차들이 즐비했다.

보아하니 이 파크는 버스나 차로 구경다니는 사파리 코너와 도보로 돌아보는 일반 동물원 코너로 나뉘어져 있는 모양이었다.

주차장 건너편에는 높은 철조망 게이트가 우뚝 솟아 있었고, 사파리 코너에서 동물들의 울음소리가 들려왔다. 풀 냄새에 섞여 짐승 냄새도 풍겨온다.

리프트에서 내린 아카네는 고양이 모양의 사파리 버스

로 흐느적흐느적 걸어갔다.

"으윽…… 죽는 줄 알았어……."

"나도 죽는 줄 알았어."

히마리는 사지에서 생환하여 득도한 자 같은 표정으로 흔들림 없는 온화한 미소를 짓고 있었다. 내버려 두면 불경 낭독을 시작할 것 같다.

"하지만 이걸로 드디어 고양이를 만날 수 있어! 지금부터가 실전이야!"

아카네는 다시 기운을 되찾고 사파리 버스에 올라탔다.

"지금까지는 실전이 아니었던 건가."

"언니, 엄청 들떴네~."

다른 네 명도 아카네의 기세에 이끌리듯 승차했다.

차 안에는 벤치 같은 긴 의자가 등을 맞댄 채로 늘어서 있어서 앉은 채로 사파리 버스 옆을 바라볼 수 있게 되어 있었다.

철망이 쳐진 양쪽에는 바깥 동물에게 먹이를 주기 위한 구멍이 뚫려 있다. 바닥에는 일정 간격으로 큰 가위와 집게가 놓여있었다.

신기하게도 차 안에는 사이토 일행 외에는 다른 손님이 없었다. 승차하기 직전 버스 앞 유리에 '호조 님 일행'이라는 종이가 붙어 있었던 것 같은데 착각이었을까. 이렇게 큰 버스를 다섯 사람을 위해 전세 냈을 리가 없으니 기분 탓이겠지, 하고 사이토는 불안해지려는 마음을 애써 억눌렀다.

"귀여운 동물들 많이 봐야지!"

기대에 부푼 아카네를 싣고 사파리 버스가 출발했다.

하지만 게이트를 통과하자마자 버스는 굶주린 맹수들에게 포위되었다.

"그아아아아아!" "크르르르르……" "그오오오오오!"

살의를 머금고 포효하는 사자 무리.

핏발 선 눈을 드러낸 채 거품 섞인 침을 흘리며 흉포한 발톱으로 버스를 긁어댄다. 차체는 심하게 흔들렸고 방호용 철망도 찌그러졌다.

아카네는 울먹이며 부들부들 몸을 떨었다.

"귀, 귀여운 동물들이 가득하다……."

"무리하지 마, 아카네. 스스로를 속이지 마."

아카네를 팔로 보호하는 히마리의 모습은 거의 남자친구였다. 그러나 히마리도 안색은 창백하다.

마호는 능청맞은 얼굴로 웃었다.

"아하하, 우리들을 먹이로 생각하나 봐."

"웃을 일 아니야."

사이토는 생생하게 신변의 위험을 느꼈다. 철망을 뜯어내려는 사자도 있어서 금방이라도 바리케이드가 뚫릴 것만 같다.

시세이는 팔짱을 끼고 말했다.

"먹이 사슬의 정점이 시세라는 점은 변하지 않아. 먹느냐 먹히느냐의 승부가 된다면…… 시세가 이긴다!"

"순식간에 질 것 같은데?!"

사이즈만 보면 통째로 삼켜질 것 같다.

사파리 버스의 여성 운전사가 전했다.

"괜찮습니다, 사…… 고객님. 이 버스의 수비는 아직 한 번도 무너진 적이 없습니다. 즉 앞으로도 절대 무너지지 않는다는 뜻……일까요?"

"손님한테 확인하지 마세요. 괜히 더 걱정되니까."

"특별한 문제는 없습니다만, 가족들한테 마지막 전화를 걸어도 될까요?"

"그건 치명적인 문제가 있다는 거잖아요!"

그리고 운전사의 복장이 유난히 방호복 느낌의 중장비인 것이 신경 쓰였다. 피부는 일절 드러내지 않았고, 기사의 투구 같은 것을 쓰고 있어서 얼굴도 보이지 않았다. 누가 봐도 긴급 상황을 상정한 차림이었다.

운전석에는 '탈출'이라고 적힌 빨간 버튼까지 있다. 승객석에는 버튼이 없는데, 만일의 경우 운전사만 도망칠 생각인 걸까.

사이토는 다른 아이들에게 작은 소리로 말했다.

"……이 사파리, 위험한 거 아니야? 지금이라도 늦지 않았으니까 다시 돌아가는 편이 좋지 않을까…….”

아카네는 처음으로 놀이공원에 온 세 살배기 아이처럼 눈을 반짝였다.

“전혀 위험하지 않아. 메르헨하고 멋진 장소야.”

“이미 뇌 안에서 변환이?!”

“고양이들도 배가 고플 거야. 버스를 먹고 싶어지는 것도 어쩔 수 없지.”

“나는 아무리 배가 고파도 버스를 먹고 싶지는 않아!”

“시세는 가능해.”

“너는 가능하겠지!”

시세이가 사자들을 보는 눈빛도 식량을 보는 눈이다.

사자들은 일제히 몰려와 똑같은 타이어를 공격했다. 우선 발을 봉하려는 작전인 것 같았다. 사바나의 짐승치고는 너무 똑똑하다.

운전사가 한숨을 쉬었다.

“이대로면 차가 남아나질 않겠네요. 조금 달릴 테니 좌석에 잘 앉아 계세요.”

“잠깐…….”

사이토가 불평하려 했지만 이미 늦었고, 운전사가 액셀을 밟았다. 냐오오, 하는 기묘한 경적을 울리며 사파리 버스가 급발진했다.

눈을 빛낸 사자들은 포메이션을 만들더니 사파리 버스

와 나란히 달렸다. 완전한 사냥 모드다.

아카네는 흐뭇한 모습으로 철망 밖을 바라보았다.

"고양이가 달리고 있어~ 우리랑 같이 산책한다~."

"습격당하고 있는 거야!"

사이토는 지적하지 않을 수 없었다.

"백수의 왕 따위가 감히 어딜! 수도 고속도로*에서 단련한 제 드라이빙 스킬을 이길 수 있다고 생각하는 겁니까!"

운전사는 더욱 가속하여 드리프트 주행으로 커브를 감행했다. 이 말투와 목소리와 분위기는 어디선가 들어본 기억이 있었지만, 상대를 특정하고 있을 여유는 없었다.

강렬한 중력가속도에 의해 좌석에서 날아가는 사이토 일행. 가벼운 시세이는 나무토막처럼 날아다니고 있지만, 조금도 당황하지 않고 즐거워 보인다. 놀이기구의 일종이라고 인식하고 있는 것 같기도 하다.

철망에 짓눌린 사이토의 품에 아카네의 몸이 날아들었다.

"괘, 괜찮아?"

"아, 응……."

사이토의 팔 안에서 아카네가 뺨을 붉혔다. 차의 흔들림에 겁을 먹었는지 사이토에게서 떨어지려 하지 않은 채 바짝 달라붙었다.

──귀여워.

사이토는 온몸이 뜨거워지는 것을 느꼈다.

---

*일본 도쿄를 가로지르는 고속도로.

둘이 살 때는 밤마다 빈번하게 닿아왔던 아카네의 부드러운 감촉, 그립고도 어딘가 달콤한 냄새.

그때는 평범하게 지냈는데, 왠지 오늘은 평상심을 유지할 수 없었다. 심장이 너무 빠르게 뛰어서 거친 맥박이 아카네에게도 들릴 것 같았다.

"오빠랑 언니, 사이 좋네♪"

마호의 목소리가 들려와 사이토와 아카네는 정신을 차렸다.

아카네가 사이토를 밀치듯이 떨어졌다.

"사사사사이 좋은 거 아냐!"

"에엥, 하지만 계속 붙어 있었잖아♪"

놀리는 마호.

"충격에서 날 보호하기 위해서야! 사이토를 희생해서 나만은 살아남을 생각이었어!"

"잔인한 녀석이네!"

사이토는 항의했지만, 아카네가 진심으로 말하는 게 아니라는 것은 전해졌다.

하지만 왜 아카네가 떨어지려 하지 않았는지. 왜 아카네가 얼굴을 붉히며 부끄러워했는지는 알 수 없었다.

그리고 왜 자신 역시 부끄러워서 얼굴이 타들어 갈 뻔했는지도. 찬바람이 철망 너머로 들어오고 있을 텐데 참을 수 없이 더웠다.

사파리 버스는 사자의 영역을 빠져나와 게이트를 넘어 초식동물 영역으로 들어갔다. 얼룩말이나 기린, 라마 등의 동물이 느릿느릿 풀을 뜯고 있다.

"여기라면 안전할 것 같네……."

"그러게……."

히마리와 사이토는 안도의 한숨을 내쉬었다.

운전사가 버스를 세웠다.

"손님, 코뿔소 먹이 주기 체험도 할 수 있습니다. 한 번에 일만 엔입니다."

"와. 할게요."

아카네는 순진하게 지갑에서 지폐를 꺼냈다.

"아니, 너무 비싸잖아!"

막아서는 사이토.

"확실히 비싸네…… 어떻게 할까……."

아카네는 미간을 찌푸리며 고민했다. 과연 절약가 아카네, 메르헨 동물 월드에 뇌를 침식당한 상황에서도 마지막 이성은 남아 있었던 모양이다.

"지금이라면 특별 서비스로 반값입니다."

"싸네요!"

"그래도 비싸다고!"

역시 이성은 거의 남지 않은 모양이다.

"하지만 코뿔소 먹이 주기는 쉽게 할 수 없으니까……."

운전사가 어서 받으라며 내미는 먹이 세트를 아카네는 몹시 하고 싶다는 얼굴로 힐끔거렸다.

"맞아요. 저희 파크에서도 500년에 한 번밖에 개최되지 않습니다. 이 기회를 놓치면 다음에는 500년 후에나 가능한 거죠."

"500년 후?! 그렇게는 못 기다려!"

"무로마치 시대부터 이어진 사파리 파크라니, 이상하잖아!"

운전사는 태연하게 말했다.

"이상하지 않습니다. 무로마치 막부를 연 아시카가 다카우지 공은 사파리 버스 개발자로도 유명하니까요. 당시에는 사파리 버스를 아시카가 버스라고 불렀다고 합니다."

"그렇구나! 공부가 됐어요!"

"조금은 남을 의심하는 마음을 가져줘!"

사이토는 아카네가 진심으로 걱정되었다. 평소 흔들리지 않는 학년 2등 수재가 귀여운 동물 앞에서는 속수무책이었다.

"어쩔 수 없지…… 나도 반 내줄게."

사이토는 주머니에서 지갑을 꺼냈다.

아카네가 망설였다.

"괘, 괜찮아? 나중에 말도 안 되는 요구를 하는 건 아니지?"

"말도 안 되는 요구가 뭔데……."

"모, 모르겠지만! 엄청 야한 요구 말이야!"

"사이토 군?!"

"오빠……?"

"오빠 변태에♪"

여성들에게 일제히 따가운 시선을 받은 사이토는 식은 땀을 흘렸다.

"그런 요구는 안 해. 나도 코뿔소가 밥 먹는 건 보고 싶으니까."

"그, 그럼…….'

사이토와 아카네가 반반씩 나눠 돈을 내고 운전사에게 먹이 세트를 구매했다. 네모난 플라스틱 케이스에 당근이나 고구마 등의 스틱이 들어 있다.

아카네는 집게로 당근 스틱을 잡고 철망 너머로 내밀었다.

"이, 이렇게 하면 되는 건가…….'

"좋습니다. 코뿔소도 무척 기뻐하며 다가오고 있네요."

초원 너머로 코뿔소가 돌진해 왔다. 고막이 떨어져 나갈 정도의 포효를 울리며 대지를 짓밟고 흙먼지를 일으키고 있다.

"엄청난 기세인데 정말 괜찮은 거야?!"

코뿔소가 격돌하자 버스가 크게 흔들렸다.

아카네가 내민 당근 스틱을 코뿔소가 한껏 집어삼켰다. 집게까지 씹을 것 같은 박력과 시끄럽게 씹는 소리. 단단한 당근 조각이 거칠게 흩날렸다.

그런 거대 짐승의 모습을 아카네는 흐뭇하게 지켜보았다.

"귀여워~!"

"귀여워?!"

사이토는 귀엽다는 개념을 알 수 없게 되었다.

적어도 자신들이 타고 있는 버스를 파괴할 것 같은 맹수는 '귀엽다'의 대상이 아니다. 오히려 두려워해야 할 대상이다.

심지어 코뿔소의 왕성한 식욕에 자극받은 것인지 코끼리나 기린 등도 버스를 향해 돌격해 왔다. 흙먼지가 폭풍처럼 치솟으며 야생의 왕국에 포효가 울려 퍼졌다.

본래 육식동물에게 사냥당하는 초식동물 쪽이 포식자로 변해 있었다. 그리고 사냥당하는 것은 사이토, 인간 쪽이었다.

운전사가 사이드 브레이크를 풀고 액셀을 밟았다.

"철수하겠습니다! 발을 묶어야 하니 거기 먹이를 전부 던져주세요!"

"우규? 우그우그?"

하지만 먹이는 모두 시세이가 먹어버린 상태였다. 뺨을 햄스터처럼 부풀린 채 한창 열심히 씹고 있다. 시세이도 코뿔소의 왕성한 식욕에 자극받아 버린 모양이다.

운전사는 비장하게 고개를 끄덕였다.

"어쩔 수 없죠…… 귀여우니 용서하겠습니다! 아가씨는 거기 계신 사이토 님을 제물로 던져주세요!"

"무슨 부탁을 하는 거야! 너 루이 맞지?!"

"아닙니다. 저는 단순한 협력자 R.H입니다."

"앞 글자가 완전히 일치하잖아!"

"자, 어서! 다 죽기 전에 사이토 님을 코끼리 먹이로!"

"그렇게 되면 내가 죽어!"

"전멸하는 것보다 낫습니다. 사이토 님의 귀중한 희생은 잊지 않겠습니다. 3분 정도."

"적어도 10분 정도는 기억해 줘!"

마호가 사이토에게 달려들었다.

"해보자~! 뭔가 재밌을 것 같아!"

"재미로 나를 사바나의 양식으로 만들지 마!"

그렇게 항의하고 있는 사이에 운전사가 급커브를 돌았고, 사이토는 마호와 함께 사이드 철망으로 내던져졌다.

마호는 꺅꺅 소리치고 있지만 사이토는 그럴 정신이 없었다. 맹렬히 추적해 온 사슴이 철망 너머로 사이토를 찌르기 위해 뿔을 내민 것이다.

"우오오오오오! 사슴에게 질까보냐――!!"

"힘내! 오빠! 이기면 마호가 뽀뽀해 줄게~!"

무책임한 마호의 응원에 쓰러질 것 같았지만, 사이토는 온몸의 근육을 풀 구동해 브릿지 자세로 사슴의 공격을 피했다. 하지만 피부는 약간 긁히고 말았다.

버스가 출구 게이트를 뚫고 사파리가 아닌 평범한 동물원 지역에 도착할 무렵에는 사이토는 반쯤 죽어 있었다.

"이제 두 번 다시…… 사슴하고는 안 엮일 거야……."

비틀거리며 사파리 버스에서 내린 사이토를 아카네가 한심하다는 얼굴로 바라보았다.

"사이토도 참 야무지지 못하네. 그 정도 운전에 항복을 선언하다니."

"운전 문제가 아니야! 아니, 운전에도 꽤 문제는 있었지만!"

오늘은 전철로 이동했기에 폭주 메이드 운전사라는 위험은 없을 거라 생각했는데, 대체 왜 만나게 된 것인지 알 수 없었다. 배후에서 어떤 힘이 작용하고 있다는 생각밖에 들지 않았다.

작게 폴짝거리는 아카네.

"아, 봐! 저쪽에 낙타사슴 먹이 주기 코너가 있어! 가자!"

"사슴하고는 안 엮일 거라고 했잖아! 이 녀석들 뿔은 법으로 규제해야 해!"

"괜찮다니까! 몇 번이고 찔리면 조만간 익숙해질 거야!"

"그런 내성은 필요 없어!"

아카네는 한껏 들떠서 사이토를 끌고 갔다. 싸우던 것도 잊었는지 최근의 서먹했던 공기는 완전히 사라졌다.

두 사람의 집에서 화목하고 단란한 시간을 보낼 때와 같은 명랑한 미소. 사이토는 아카네의 이 미소를 좋아했다.

함께 살 때는 매일 당연하게 보던 미소인데 사실 당연한 것이 아니었다. 그 사실을 새삼 깨달았다.

"사이토 군, 봐봐! 낙타사슴이 잔뜩 모여들고 있어!"

판매하고 있는 캡슐에서 고형 먹이를 꺼낸 아카네가 얼굴을 반짝였다. 울타리 너머로 낙타사슴이 여러 마리 몰려들며 콧바람을 거칠게 내뿜고 있다.

"손가락 안 닿게 조심해."

"괜찮아! 고양이한테 수백 번 물렸어도 손가락이 떨어진 적은 없었으니까!"

"수백 번이나 물릴 정도로 무슨 짓을 했길래……."

"귀여워한 것뿐이야!"

둘이 살 때 평범하게 나눴던 대화를 사이토는 음미했다.

그래, 나는…… 아카네와 대화하고 싶었다. 그녀의 목소리를 듣고, 그녀의 귀에 자신의 목소리를 전하고, 그녀의 열기를 가까이서 느끼고 싶었다.

아카네의 시시각각 변하는 표정을 바라보고 싶었다. 설사 혼이 나더라도 옆에 있을 수 있다면 그것으로 좋았다.

왜일까.

이렇게나, 이 시간이 끝나지 않았으면 좋겠다고 느껴지는 것은.

주홍빛으로 칠해진 작은 다리 건너편에 웅장한 기와 형식의 여관이 자리 잡고 있었다.

건물은 세월이 흘렀지만 낡지는 않았고, 맑은 강물 냄새와 뒤섞여 청아한 나무 향기를 풍기고 있었다.

시간은 해 질 녘. 호박색으로 물든 하늘을 등진 여관은 칠흑 같은 그림자처럼 떠올라 있고 창문에도 호박색 불이 깃들어 있다. 강을 사이에 두고 있어 그런지 마치 황천의 세계로 유혹하듯 기묘한 공기가 감돌고 있다.

"부, 분위기 있는 숙소네……."

아카네는 다리 앞에서 멈춰 서서 여관을 올려다보았다.

"그렇지! 할머니가 그랬는데 에도시대부터 이어져 온 여관이라 문 뭔가가 된 곳이래!"

"문화재?"

"그거! 언니 머리 좋아!"

"그 말만으로 통하는 건가……."

과연 마음이 잘 맞는 자매라며 사이토는 감탄했다.

현관에 들어서자, 평범한 프런트가 아닌 옛날 그대로의 카운터가 자리하고 있었다.

다듬어진 나무 바닥에는 역사가 느껴지는 검은 흠집들이 스며들어 있다.

목제 받침대에 봉황이 그려진 칸막이, 벽에 걸린 괘종시

계. 높아 보이는 액자에는 여관 주인의 가문이 담겨 있다. 자리를 비웠는지 주인의 모습은 없다. 쓰고 있던 만년필이 받침대 위에 방치되어 있다.

카운터 좌우로는 판자로 된 복도가 뻗어 있고 카운터 안쪽에는 좁은 계단이 이어져 있다. 계단은 위로 갈수록 조명이 잘 들어오지 않는 것인지 새카만 어둠에 물들어 있었다.

히마리가 고개를 갸우뚱했다.

"으음…… 뭔가 귀신이라도 나올 것 같은데?"

"자, 잠깐만! 그렇게 말하면 정말 나올지도 몰라!"

아카네가 흠칫 놀랐다.

마호가 히죽히죽 웃으며 아카네의 귓가에 속삭였다.

"실~은~ 이 여관 괴담으로도 유명하다고 하던데~ 옛날부터 전해지기로는~ 잠든 손님들의 다리를 으브븝!"

"안 들려! 봐, 아무것도 안 들리잖아!"

아카네는 마호의 입을 손으로 힘껏 막았다.

"네가 여동생의 숨통을 막고 있으니까 그렇지!"

사이토는 눈을 까뒤집는 마호를 아카네의 손아귀에서 빼냈다.

푸하, 숨을 내쉬는 마호.

"언니는 겁이 많구나~."

"그렇게 무서우면 무리해서 묵지 말고 돌아가도 괜찮아."

마호와 사이토에게 미적지근한 눈빛을 받은 아카네가 발끈했다.

"하, 하나도 안 무서워! 자다가 누가 다리를 만지면 깜짝 놀라잖아!"

"그야 놀라긴 하지."

"그러니까 귀신이 특별한 게 아니야! 난 내 수면을 방해하는 모든 존재를 용서할 수 없어! 그뿐이야!"

"그런 거구나~."

"그렇구나~."

"뭐야, 그 반응은! 날 무시하는 거야?!"

발을 탕탕 구르는 아카네.

"무시한 거 아니야~ 언니. 귀여워."

"뭐어?!"

마호가 톡톡 등을 두드리는 손길에 아카네는 갈 데 없는 분노를 어디에 부딪쳐야 할지 모르겠다는 표정을 지었다.

이럴 때 불똥이 튀는 것은 자신이라는 생각에 사이토는 서둘러 기척을 감췄다. 마치 닌자처럼.

그 후 여관 주인이 카운터로 돌아온 덕분에 사이토 일행은 체크인을 마칠 수 있었다. 주인은 우리들을 방 쪽으로 안내하며 설명했다.

"저희 여관에는 원천을 이용한 대욕탕 외에도 5개의 대절탕이 있어 언제든지 무료로 이용하실 수 있습니다."

"신난다~! 같이 들어가자, 오빠!"

"넌 대체 무슨 소릴 하는 거야?"

마호의 뜬금없는 요구를 사이토는 단칼에 잘라냈다.

"알몸 대화라는 거지! 속을 터놓고 얘기하자고!"

"넌 늘 터놓고 얘기하잖아."

오히려 조금은 숨겨줬으면 좋겠다.

"아무래도 인기가 많아서 이 시간대는 꽉 차 있을 때가 많습니다. 노린다면 모두가 취침하는 심야 정도일까요?"

"갈 때 꼭 깨워줘, 오빠♪"

"애들은 자라."

마호가 날리는 손날 키스를 사이토는 손날로 되받아쳤다. 이곳은 마호의 할머니 지인이 운영하는 여관이라고 하니, 여관 주인을 통해 이상한 보고라도 들어간다면 몹시 성가실 것 같았다.

사이토 일행이 배정받은 곳은 3층 끝에 있는 방 두 개였다. 각각 '오동나무 방'

'부채 방'이라고 붓으로 적힌 문패가 걸려 있다.

마호가 방 앞에서 팔짱을 끼고 천천히 모두의 얼굴을 둘러보았다.

"자…… 슬슬 결정할 때가 왔네. 운명의 선택을……!"

"운명의 선택이라고……?!"

전에 없이 진지한 어조로 말하는 마호의 말에 사이토는

정신을 바짝 차렸다.

고개를 숙인 마호의 얼굴은 그림자에 가려져 있었다.

"맞아. 이 선택을 잘못하면…… 한 남자가 죽어! 누구라고는 말하지 않겠지만!"

"누구라고 하지 않아도 나잖아! 왜 죽는지 모르겠지만!"

어느 틈에 자신은 생사가 걸린 여행에 휘말리고 만 것일까.

"방 배정을 정하는 거야! 자! 오빠와 하룻밤을 보내는 건, 누구?!"

술렁, 주위에 살기가 감돌았다.

아카네와 히마리 사이에 날카로운 시선이 오갔고, 시세이가 사이토의 허리를 조이듯이 바싹 매달렸다.

──뭐지? 이 공기는……?

사이토는 어리둥절하면서도 뒤에서 시세이의 양 어깨에 손을 얹고 말했다.

"평범하게 가족끼리 묵으면 되지. 나와 시세이 둘이 한 방, 아카네랑 마호, 히마리 셋이 한 방."

끄덕끄덕 고개를 움직이는 시세이.

히마리가 사이토 쪽으로 몸을 내밀었다.

"그렇다면 내가 사이토의 방으로 가도 괜찮지 않을까? 친한 자매 사이를 방해하는 것도 미안하고! 안 그래?"

"안 그러냐고 물어도……."

얼굴이 가깝다. 붉게 칠해진 입술이 사이토에게 닿을 듯한 거리.

"역시 내가 오빠랑 둘이 잘 수밖에 없겠네! 언니는 여행에 안 올 거라고 몸을 걸고 약속해 버렸잖아! 약속을 어기면 오빠한테 밤새 좋을 대로 해도 된다고 말했었고!"

"사이토 군?! 그런 약속을 했어?!"

눈이 휘둥그레지는 히마리.

"해 버렸어~ ♪ 그러니까~ 나는 온몸으로 오빠에게 사과해야 해! 잔뜩 봉사할게, 오빠♡"

마호는 사이토에게 팔을 휘감으며 달려들었다.

"마, 마호한테만 그런 큰일을 시킬 수는 없지! 여긴 연상인 내가 책임지고 사이토 군을 맡을게!"

히마리도 사이토의 팔을 껴안았다.

"오빠도 분명 젊은 애가 더 좋을걸?"

"나도 젊은데?! 나이도 거의 차이 안 나고."

"그 약간의 차이가 먹히는 거지~ ♪"

"뭐에 먹히는데?!"

"간이랑 신장이랑 십이지장일까~."

"사이토 군의 십이지장은 어떻게 된 거야?!"

"젊음이라면 시세도 지지 않아."

겉보기에는 초등학생인 시세이가 히마리와 마호 사이에 난입했다.

"그럼 그냥 다 같이 오빠를 보살피자! 난 네 명이라도 완전 OK야!"

히마리가 붉어졌다.

"네 명이라니⋯⋯."

"마호는 불건전해."

"박애주의자라고 불러줬으면 좋겠어! 시짱이랑 히마링도 보살펴줄게! 나한테 맡겨!"

꺅꺅거리는 소녀들.

정작 사이토는 대화에 끼어들 여지도 없다. 여관 주인은 방 안내를 포기했는지 카운터 쪽으로 돌아가 버렸다.

"너희들⋯⋯ 적당히 좀 해!!"

고성이 울려 퍼지며 히마리와 마호와 시세이가 굳었다.

주먹을 불끈 쥔 아카네의 어깨에서 분노의 오라가 뿜어나왔다. 두 눈에 깃든 것은 파괴신의 기백, 얼굴을 물들인 것은 귀신의 형상이다.

그렇군, 사인(死因)은 이것인가, 자신은 운명의 선택을 잘못한 것인가, 하며 사이토는 각오를 마쳤다.

"방이 넓으니까, 여자랑 남자랑 나누는 게 보통이잖아?! 그게 건전해! 사이토는 혼자 자!"

"오빠가 불쌍해~."

"시세는 오늘 밤에만 수컷이 될래."

"아앙, 사이토 군."

소녀들은 저항했지만, 폭주 드래곤이나 다름없는 아카네에게 끌려 '부채의 방'으로 가 버렸다.

저녁 식사까지는 아직 조금의 시간이 있었다.

'오동나무 방'에 홀로 들어간 사이토는 짐을 벽 쪽에 두고 한숨을 돌렸다.

흑단으로 된 책상에는 차 세트와 화과자가 준비되어 있었다. 차를 끓이는 것도 귀찮았기에 낮에 마신 페트병에 남아 있던 미지근한 물을 마시고 서비스인 화과자를 먹었다.

낮의 번화했던 거리와는 달리 고즈넉한 실내. 옆방에서 아카네의 웃음소리가 새어 나오는 것을 듣고 있으려니 서늘한 감각이 가슴으로 퍼져 나갔다.

원래 혼자 있는 건 좋아하는데, 어째서인지 저쪽 방으로 가고 싶다는 생각이 들었다.

——하지만 여자는 여자들끼리 있어야 즐겁겠지.

사이토는 고개를 저으며 여행 가방에서 추리소설을 꺼냈다.

좌식 의자에 앉아 독서에 열중하고 있는데 귓가에 달콤한 속삭임이 들려왔다.

"오 · 빠♪"

"윽?!"

흠칫 놀라 돌아보는 사이토.

다다미에 무릎을 댄 마호가 몸을 쭉 늘려 사이토의 바로 뒤까지 다가와 있었다.

팽팽하게 당겨진 무릎, 어깨에 걸쳐진 긴 머리칼에 윤기가 흘렀다. 입 주위를 손바닥으로 감싼 채 장난스럽게 눈동자를 반짝이고 있다.

"언제 침입한 거야?!"

마호는 가녀린 몸짓으로 검지를 입술에 가져갔다.

"쉬잇. 소리 내지 마. 다들 눈치채면 단둘이 있을 수 없게 되잖아."

"대체 뭘 하려고……."

또 성희롱이라도 할 생각인가 싶어 사이토는 자세를 다 잡았다.

그러나 마호는 덤벼들지도 않고 뒤로 넘어가는가 싶더니 사이토의 무릎에 머리를 얹고 벌렁 드러누웠다. 눈가에 손등을 올리고 약하게 숨을 내쉬고 있다.

"……몸이 안 좋은 건가."

너무 씩씩해서 잊고 있었다. 이 소녀는 결코 몸이 건강한 편이 아니다. 어렸을 때는 입원을 반복하며 제대로 학교도 못 갔던 아이다.

"좀 피곤한 것뿐이야. 저쪽 방에서 다면 다들 걱정해서 미안하니까 여기서 쉬게 해 줘."

"일단 나도 걱정은 하는데."

"오빠는 괜찮아. 많이 걱정해 줘."

마호는 살짝 웃었다.

"하여간⋯⋯."

얄미운 언동뿐인데도 이 소녀는 미워할 수 없었다. 그것은 분명 그녀가 속이 투명하고 본능이 이끄는 대로 살고 있기 때문일 것이다.

사이토는 여동생을 대하듯 무릎 위에서 마호의 머리를 쓰다듬었다.

마호는 아기 고양이처럼 눈을 가늘게 뜬다.

"기분 좋다. 오빠, 익숙하구나."

"시끄러워."

"부정은 하지 않네?"

"됐으니까 쉬어."

그녀가 피곤한 것은 사이토 때문이다. 타인의 마음을 잘 모르는 사이토라도 그 정도는 알았다.

"⋯⋯고마워. 날 위해 노력해 줘서."

"무슨 소리야?"

"여행 말이야. 내가 아카네와 화해할 수 있도록 일부러 준비해 준 거잖아?"

"에엥~ 그럴 리가 없잖아~♪ 나는 오빠와 야한 짓을 하기 위해 여행에 초대한 거야. 감쪽같이 속았네, 바보 같은 오빠♪"

마호는 익살스럽게 사이토의 얼굴을 찌르려 한다.

그 가는 손가락을 사이토가 쥐었다.

"자, 잠깐……."

당황한 마호.

"제대로 감사의 말을 하게 해 줘. 너한테는 정말로 감사하고 있어."

"으…… 응."

마호는 뺨을 붉혔다.

사이토에게서 표정을 감추려는 듯 뒤척이다가 사이토의 무릎 위에 엎드린다. 가냘픈 손가락이 수줍게 다다미를 긁적인다.

"하지만 오빠를 위해서만 그런 건 아니야. 둘 다 걱정돼. 우리 집에 돌아온 뒤로 언니도 기운이 없었어. 계속 우울해해서 도저히 보고 있을 수가 없었거든."

"그렇구나……."

자신에게서 벗어난 아카네는 왜 우울한 것일까. 사이토는 아카네의 심경을 알 수 없었다. 예전부터 알기 어려웠지만 요즘은 특히나 더 이해가 가지 않았다.

"넌 좋은 녀석이구나."

"그렇지 않아. 나는 악녀야."

혀를 쏙 내미는 마호.

"이번 일에 대해 답례는 할게. 뭔가 곤란한 일이 있으면 언제든지 말해 줘."

"음, 그럼 지금이 곤란할까?"

"지금……?"

"여기저기 돌아다녀서 녹초가 됐으니까 전신 마사지를 해 줘. 그럼 오늘 일은 없던 걸로 해 줄게♪"

마호는 사이토의 무릎에서 다다미 위로 이동했다.

엎드린 채 턱을 괴고 곁눈질로 도발하듯 사이토를 바라본다. 여성스러운 곡선을 그린 허리와 그곳을 타고 흘러내린 허벅지가 단둘뿐인 방에는 자극이 너무 강했다.

"그건……."

고민하는 사이토.

"보답한다며? 빨리이~♪"

마호는 즐거운 듯이 팔랑팔랑 다리를 움직인다.

"……어쩔 수 없지."

사이토는 각오를 마쳤다.

마호가 지친 것도, 마사지가 피로회복에 효과가 있는 것도 틀린 말은 아니다. 그리고 걱정 끼치고 싶지 않은 아카네나 히마리에게는 부탁하기 어려울 것이다. 이는 단순한 치료 행위다.

사이토는 그런 말로 스스로를 설득하며 마호의 어깨를 주물렀다.

소녀의 부드러운 몸이라든가, 목덜미에서 풍겨오는 달콤한 향기라든가, 그러한 노이즈로부터 애써 의식을 돌렸다.

"음, 제법이네. 오빠 잘한다~ ♪ 목도 주물러줘~."

"이렇게?"

사이토는 가느다란 목을 부러뜨리지 않게 조심하며 마호의 목덜미를 조심스럽게 안마했다.

"맞아, 맞아. 전철 이동이 길어서 뭉친 것 같아~ 엉덩이도 주물러줘♪"

"거긴 안 해!"

"계속 앉아 있어서 엉덩이도 뭉쳤단 말이야~. 내가 곤란한데 해 주지 않는 거야? 오빠의 감사한 마음은~ 그 정도였어?"

"큭……."

죄책감을 부추기는 말에 사이토는 주먹을 불끈 쥐었다.

아까까지 마호의 배려에 감탄하고 있었는데, 역시 이 소녀는 쪼잔한 성격이 아닐까, 하는 생각이 들었다.

사이토는 마호의 허리에 손을 뻗은 뒤 거기서 아래쪽으로 지압해 갔다.

마호는 달콤한 목소리를 내며 몸을 비틀었다.

"아, 앗, 거기~ 기분 좋아~ 오빠♡."

"이상한 소리 내지 마!"

"그치마안~ 허벅지도 쓸어줘~ 오빠 때문에 피곤했으니

까~."

"다 할게! 하면 되잖아!"

사이토는 자포자기하며 말했다.

매끈한 허벅지에 손바닥을 미끄러뜨리고 무릎 뒤쪽을 엄지손가락으로 누른 뒤 발까지 도달했다. 부드럽고 새하얀 소녀의 발바닥을 천천히 풀어나갔다.

고개를 젖히는 마호.

"햐앙?! 오빠 손놀림 너무 야해."

"수상한 짓은 일절 안 했어!"

"하고 있어. 으응…… 나 위험할지도……."

"위험하다니 뭐가?!"

사이토의 의문에는 대답하지 않고 마호는 쭉 뻗은 몸을 떨고 있었다. 젖은 입술에서는 괴로운 한숨이 새어 나오고, 희미하게 침까지 흘리고 있다.

마호는 취한 것처럼 뺨을 불태우며 몸을 일으켰다.

"오빠…… 다음엔 가슴도 주물러줘……."

"역시 그건 마사지의 영역을 넘어섰잖아!"

"여기도 피곤해…… 감사하다면 할 수 있겠지……?"

취한 듯한 눈동자로 사이토 위에 올라탄 채 사이토의 손을 자기 가슴에 짓눌렀다. 노출도 높은 옷을 입고 있는 탓에 땀에 젖은 가슴팍의 감촉이 직접적으로 전해졌다. 소녀의 피부 속 고혹적인 냄새가 사이토를 감싸듯이 다가왔다.

"사이토 군, 저녁 시간이야~!"

방문이 힘차게 열리며 히마리가 뛰어들었다.

그리고 사이토와 마호가 뒤엉켜 있는 모습을 보고는 눈을 동그랗게 뜬 채 굳어진다. 천천히 복도까지 뒤로 물러나더니 살며시 문을 닫는다.

"아카네! 큰일 났어!"

"잠깐만, 잠깐만!! 기다려!"

사이토는 말리려 했지만 이미 늦었다.

곧 아카네가 방으로 돌진하여 사이토로부터 마호를 떼어냈다.

"아까부터 마호가 없다고 생각했는데…… 우리 여동생한테 무슨 짓을 한 거야?!"

"오해야! 난 그냥 마사지만 하고 있었어!"

"야야야야야야한 마사지?!"

"아니야! 그렇지, 마호?!"

사이토는 마호에게 해명을 요구했다.

마호는 부끄러운 듯 사이토에게 눈을 돌리고는 뺨을 붉히며 속삭였다.

"으, 응……. 오빠가 그렇게 말한다면…… 야하지, 않았어……."

"거봐, 야한 거 맞네!"

"야한 거 아니라니까!"

그런 식으로 말하면 더 오해가 깊어질 뿐이다.

아카네는 마호를 품에 안고 전속력으로 방을 벗어나려 했고, 히마리는 두 팔을 벌려 사이토로부터 마호를 보호했다. 시세이는 마호 뒤에서 게를 뜯고 있다. 혼돈이었다.

"그럼 뭘 하고 있었는데?!"

"그러니까 마사지라고 했잖아! 난 무죄야!"

"사이토는 살아있는 것만으로 유죄야!"

"존재 자체가 죄?!"

이마를 맞대고 으르렁대면서도 사이토는 어째서인지 불쾌하지 않았다. 자기 뺨이 풀어지는 것을 느꼈다.

아카네가 당황스러운 얼굴로 사이토를 쳐다보았다.

"왜, 왜 웃는 거야……."

"어? 내가 웃었어?"

"응, 뭔가 즐겁다는 듯이."

"그렇구나…… 난 즐겁구나…… ."

아카네와 말을 주고받는다는 것 자체가.

무시당하는 것보다 미움받는 것이 낫다. 그만큼 아카네와 대화하지 못했던 기간이 괴로웠다는 사실을 깨달았다.

두 사람에게는 말다툼도 일상이었고, 그 일상은 당연한 것이 아니었다. 서로의 마음을 부딪치는 소중한 시간이었다.

"사람이 화났는데 무례하네. 날 무시하는 거야?"

아카네가 뽀로통한 얼굴을 했다.

"이런 것도 오랜만이라는 생각이 들어서."

"뭐…… 그렇지. 오랜만이네."

수줍은 듯 시선을 피하는 아카네.

"……싫어?"

"……몰라."

귓불을 붉힌 채 사이토에게 등을 돌리고 걸어간다. 뒤통수의 달콤한 잔향이 사이토의 비강을 간지럽히며 가슴을 두근거리게 했다.

소녀들이 저녁 식사 회장 쪽으로 향하자, 마호가 혼자서 달려 돌아왔다. 발끝으로 서서 사이토에게 얼굴을 대고는 입가를 손으로 감싸고 작게 속삭인다.

"힘내."

"아, 으응."

고개를 끄덕이는 사이토.

"마호?! 거기 있으면 위험해! 빨리 와!"

"네~에♪"

아카네의 부름을 받고 마호는 기운차게 달려갔다.

그날 밤 사이토는 쉽게 잠들지 못했다.

혼자 이불에 반듯이 누워 어두컴컴한 천장을 멍하니 바라보았다. 여관 조명은 조절이 어려워 현관 불을 켜놓은 상태였다.

가져온 책을 읽으며 시간을 보내는 편이 더 좋을지도 모르지만, 그럴 마음도 들지 않았다. 낮에 본 아카네의 웃는 얼굴이 망막에 강렬하게 새겨졌다. 고요한 여관에서 어둠에 몸을 맡기고 있자 머리와 마음의 소리가 시끄러웠다.

충전기에 연결된 스마트폰을 보니 이미 시각은 한밤중을 지나고 있었다. 이대로 가만히 있어도 잠에 들 것 같진 않았다.

──온천이라도 들어갈까…….

지금이라면 전세 목욕탕도 비어 있을 거라고 생각한 사이토는 '오동나무 방'을 나섰다.

수건과 열쇠만 들고 사람 없는 복도를 걸었다. 카운터의 불빛은 작아져 있고 여관 주인의 모습도 없다. 역사가 새겨진 마루판은 밟을 때마다 저항하듯 삐걱거렸다.

복도 중간 출입구를 통해 사이토는 마당으로 나왔다.

등불에 비친 일본식 정원. 판자로 된 통로가 늘어서 있고, 그 통로를 따라 전세 노천탕이 방으로 나뉘어 여러 개 들어서 있었다.

늦은 시간인데도 모든 탕의 나무 문에 목욕 중이라는 팻말이 걸려 있었다. 포기하고 방으로 돌아가려 했는데, 맨 안쪽 탕만 팻말이 없었다.

사이토는 안도하며 나무 문을 빠져나갔다.

안에는 의외로 넓은 탈의실이 있었고 휴게용 소파, 세면

대, 정수기, 에어컨 등이 갖춰져 있었다.

사이토는 벗은 유카타를 등나무 바구니에 던져 넣고 목욕탕 문을 열었다. 나뭇잎이 떨어진 돌바닥은 젖어서 미끄러웠고, 가득한 김 때문에 시야도 안 좋았다.

발밑을 조심하면서 사이토는 조심스럽게 탕으로 다가갔다.

"……어?"

"어……?"

탕 안에 아카네의 모습이 있었다.

옅은 조명 아래서도 몸에 아무것도 걸치지 않은 것을 알 수 있었다. 욕조 끝에 기댄 채 톡 튀어나온 어깨. 가느다란 팔과 동그란 언덕이 캄캄한 물 저편으로 삼켜져 있었다.

서로를 응시한 채 두 사람의 시간이 멈췄다. 사이토는 사고가 상황을 따라가지 못했고, 아카네도 우두커니 있을 뿐이었다.

"마호인 줄 알았는데…… 사이토……? 어째서……?"

멍하니 나온 그런 의문에 사이토는 뒤늦게 정신을 차렸다.

치밀어 오른 감정은 초조함과 공포. 말도 안 되는 짓을 하고 말았다. 전에 집에서 비슷한 일을 저질렀을 때는 아카네가 크게 격노했었다.

"미안! 팻말은 일단 확인했는데!"

사이토가 황급히 떠나려 하자.

"잠깐만!"

사이토의 손을 아카네가 잡았다.

"허……?"

왜 불러세운 것인지 모르겠다.

"괜찮아…… 그러니까. 여기 있어."

"어째서……."

"좀 더 사이토랑…… 대화, 나누고 싶었으니까."

아카네의 목소리는 잠겨 있었다.

잡은 손에서 그녀의 떨림이, 그 긴장이 전해졌다. 젖은 손바닥의 감촉이 생생하고, 망설이는 듯한 물소리가 야릇했다.

사이토와 똑같이, 아카네도 대화하고 싶다고 생각해 주었다.

그 사실이 참을 수 없이 기뻐서, 사이토는 자신의 감정을 어디로 향해야 하나 망설였다.

"그, 그럼……."

"아, 그…… 너무 빤히 보는 건 안 돼! 그…… 부, 부끄러우니까!"

"다, 당연히 알지……."

시야에 아카네의 나신이 비치지 않도록, 사이토는 돌아선 채로 탕에 들어갔다. 고동을 가라앉히면서 탕에 몸을 가라앉혔다.

사이토의 등에 딱 닿는 것이 있었다. 그것이 아카네의 등이라는 것을 깨닫기까지 몇 초. 깨닫는 순간 온몸이 화르륵 불타올랐다.

소녀의 매끈한 등이 사이토의 등에 딱 닿아 있었다. 우연히 닿은 것이 아니라 자신의 의지로 계속 닿아 있다는 것을 싫어도 알 수 있었다.

등뿐만 아니라 허리도, 그 아래까지 밀착되어 있어 닿는 곳에서 생겨난 열이 통증마저 느껴지게 했다.

"오, 오늘은…… 재밌었어."

"아, 응……. 오랜만에, 즐거웠네."

두 사람은 등을 맞대고 어색한 대화를 나눴다. 사이토를 놓치지 않으려는 것인지 아카네는 잡은 손을 놓아주지 않았다.

"요즘은 어때……?"

"어떠냐니, 뭐가?"

"뭐 하면서 지내? ……내가 없어진 후에."

쓸쓸한 목소리였다.

"게임, 이지 뭐."

"재밌어?"

"별로."

"게임 엄청 좋아하잖아. 왜 재미가 없어?"

"……왜 그럴까."

왜 너랑 이렇게 시시한 이야기를 하는 게 재미있을까. 자신도 모르는 물음의 답을 사이토는 아카네의 손바닥에서 찾았다.

"요즘 너는 어떻게 지내?"

"공부해. 모처럼 시간이 생겼으니까 그만큼 많이 공부해서 다음 시험이야말로 사이토를 이길 수 있을 거야. 마음껏 겁먹고 있어도 괜찮아!"

"그래?"

사이토는 웃고 말았다.

"잠깐! 왜 웃는 거야! 내가 이길 수 없을 거라고 생각해?!"

"아니, 이길 수 있으면 좋겠네."

"뭐야, 그 오만한 말투는! 여유만만해서 열받아!"

아카네가 비어 있는 손으로 수면을 두드리자 물방울이 튀었다. 진심으로 공격하고 싶으면 다른 손을 떼면 될 텐데, 그쪽은 단단히 잡은 채 떨어질 생각을 안 한다.

"그러고 보니 요리 공부도 시작했어."

"이제 와서?"

"이제 와서 해 봤자 늦었다고 말하고 싶은 거야?"

아카네가 사이토에게 뒤통수를 부딪혔다. 장난하듯 날린 공격이라 전혀 아프지 않았다. 벗고 있는 등의 밀착도가 높아져 사이토는 의식이 그쪽으로 쏠릴 것 같았다.

"네 요리는 최고로 맛있으니까 새삼 공부 같은 건 필요 없잖아."

"최, 최고라니…… 그렇게 칭찬해도…… 아무것도 안 나와……."

부끄러움에 사로잡힌 아카네가 탕 속에서 보글보글 숨을 내쉰다.

하지만 지금까지 사이토가 맛본 그 어떤 고급 요리보다도 아카네의 수제 요리가 맛있다는 것은 사실이었다. 입맛을 채워줄 뿐만 아니라 온몸이 차오르는 감각이 느껴진다.

"그, 그래서 말이지, 지금까지 해본 적 없는 분야라든가, 밑 준비라든가, 소스 같은 걸 이것저것 시도해 보고 있어. 시식은 마호에게 부탁했는데 '언니는 너무 많이 만들어!'라면서 얼마 전에 도망가 버리더라."

거론되는 화제는 아무런 변화 없는 일상인데, 사이토는 아카네의 이야기를 계속 듣고 싶다는 생각이 들었다.

이야기를 듣는 것만으로는 부족하다. 그 평범한 시간을 함께 보내고 싶다.

좀 더…… 이 소녀의 곁에 있고 싶다.

눈을 뜬 시세이가 전세 목욕탕으로 향하자 탕 앞에 마호가 서 있었다.

유카타가 든 등나무 바구니를 발아래에 두고 나무 문에 등을 맡기고 밤하늘을 바라본다. 장난만 치는 평소와는 달리 조금 쓸쓸한 얼굴이었다.

모두에게 둘러싸여 있을 때의 마호는 태양처럼 밝지만, 혼자일 때의 그녀는 달처럼 고요하다.

그런 마호의 모습이 시세이는 싫지 않았다. 아마 마호의 맨얼굴은 태양은 아니겠지만, 태양을 가장해야 하는 그 마음도 시세이는 알 수 있었으니까.

"마호. 뭐 해?"

시세이가 말을 걸자, 마호는 어깨를 으쓱했다.

"문지기지 뭐. 여길 지나가려면 나를 쓰러뜨리고 가라, 같은?"

"……오빠랑 아카네가 있어?"

"정답. 시짱이랑은 별로 싸우고 싶지 않아."

"싸울 필요 없어."

시세이는 마호 옆에 나란히 섰다.

노천탕에서 들려오는 사이토와 아카네가 대화하는 소리. 말까지는 알아들을 수 없지만 다투지 않고 있다는 것만은 알 수 있다.

마당에서 보는 여관 건물은 깊은 잠에 빠져들어, 객실 창문이 희미하게 주황빛으로 물들어 있었다. 밤공기는 차갑지만, 마호의 열이 있으면 춥지는 않았다.

"난 언니가 너무 좋아."

"시세도 오빠가 너무 좋아."

"똑같네."

"똑같아."

시세이와 마호는 손을 맞잡고 밤을 물들인 달을 올려다보았다.

돌아오는 신칸센에서도 사이토의 옆에는 아카네가 있었다.

아카네는 지친 것인지 앉은 채로 잠들어 있었다. 무릎 위에서 든 스마트폰이 굴러떨어질 것처럼 위태롭다.

차창 너머로 흘러가는 산들의 경치. 사이토가 좋아하는 책과 달리 지식도 문자 정보도 없는 것은 지루할 터인데, 오늘은 어쩐지 아무리 쳐다봐도 질리지 않았다.

사이토가 의아해하는데, 그 어깨에 부드러운 감촉이 닿았다. 아카네가 조용한 숨소리를 내며 사이토의 어깨에 기대왔다.

심장이 뛰는 감각.

아카네가 집을 나간 지 오래되지는 않았지만, 자는 그녀의 얼굴은 정말로 사랑스럽다. 깨어 있을 때의 험악함이 빠진 얼굴로, 어린아이처럼 붉은 입술을 반쯤 벌리고 있다.

사이토는 아카네의 잠든 얼굴을 홀린 듯이 바라보다가 그 매끈한 뺨을 만지고 싶다는 생각이 들었다. 아니, 만지고 싶은 것은 뺨뿐만이 아니다. 아카네의 모든 것을 만지고 싶었다.

무슨 꿈을 꾸는지, 달콤한 잠꼬대 같은 속삭임이 아카네의 입술에서 새어 나왔다.

"음…… 사이토 바보. 이번에야말로 이기고 말 거야……."

"……졌어."

아무에게도 들리지 않는 목소리로, 사이토는 혼자 중얼거렸다.

이제 자신의 감정을 인정하지 않을 수 없었다.

아카네가 집을 떠난 뒤 심장을 도려낸 것 같은 허무감에 잠겨 있었던 것.

아카네의 수제 음식을 먹는 것만으로도 온몸이 채워지는 듯한 만족감을 느끼는 것.

아카네와 대화하는 것만으로 평범한 날들에 생명이 들어차는 것.

아카네의 웃는 얼굴을 보기 위해서라면 무엇이든 하고 싶다고 느끼는 것.

이것은── 사랑이다.

남에게 연애감정 따위를 품어본 적 없는 사이토에게는 이해할 수 없는 심정이었지만, 더 이상 부인할 수는 없었다. 아카네가 건넨 이혼 서류에 아직 사인을 하지 않은 것도 아카네와 떨어지는 것이 싫었기 때문이다.

어느샌가 자신은 정말로 싫어하던 여자를 좋아하게 되어버렸다.

아니, 정말 싫어했을까. 자신은 그저 무서웠던 것이 아닐까.

──무서워……? 뭐가 무서워?

자신 안에서 들린 말을 사이토는 웃으며 흘려넘겼다. 아카네는 겉모습은 강렬한 성격이지만 악의로 사람에게 상처를 줄 사람은 아니니 두려워할 필요는 없다.

상황은 지극히 단순하다. 합리적이고 효율적으로 동거를 제안하면 된다.

그렇게, 생각했는데.

전철이 현지 역에 도착하고 사이토 일행은 승강장에 내렸다.

개찰구를 빠져나와 역 앞 광장에서 해산했다. 히마리는 아버지와 새어머니가 마중을 나와 계셔서 그대로 가족끼리 식사를 하러 간다고 했다. 시세이는 루이의 리무진에 끌려갔다.

"그럼…… 우리도 돌아갈게."

아카네가 마호와 나란히 서서 아쉬운 얼굴로 사이토를 바라보았다. 여행용 가방을 끌고 사이토에게 등을 돌리고 걸어간다.

"잠……."

사이토는 아카네를 잡으려 했다.

하지만 몸이 움직이지 않았다.

발이 땅에 못 박힌 것처럼 굳어서 아카네를 향해 손을 뻗을 수도 없었다. 혀가 목에 붙어 작은 목소리조차 나오지 않았다.

──뭐, 뭐지…… 이건……?

사이토는 자신의 감정에 혼란을 느꼈다.

무섭다.

무서워서 참을 수 없다.

온몸이 떨려서 서 있기도 힘들다.

아카네에게 거절당하면 어쩌나 생각하니 구역질과 함께 식은땀이 새어 나왔다.

온통 검은색으로 칠해져, 온갖 색을 다 빼앗긴 것만 같은 새까만 공포.

발아래에 공허한 심연이 입을 쩍 벌린 채 금방이라도 사이토를 집어삼키려 했다.

폐가 찢어질 것처럼 호흡이 답답하고, 두 눈에 통증이 치밀어 사이토는 가슴을 쥐어뜯었다. 흐린 시야 너머로 뿌연 아카네의 모습이 멀어져 갔다.

뇌리에 되살아나는 것은 어린 시절의 광경.

지우고 싶어도 지워지지 않는 기억.

수업 참관 소식지를 건넨 사이토의 손을 어머니가 뿌리치고, 아버지가 프린트물을 짓밟고 둘이 놀러 나간다.

그때만 해도 사이토는 나이에 걸맞게 부모님과 시간을 보내려고 했다. 하지만 부모님은 결코 사이토를 돌보지 않았다. 줄곧 거부했다. 사이토를 사랑해 주지 않았다. 안아주지도, 사진을 찍어주지도, 미소를 지어주지도 않았다.

그래서 사이토는…… 모든 것을 포기했다.

갖고 싶어도 얻을 수 없었기에 기대하는 것을 그만둔 것이다. 유대감 같은 것은 원해선 안 된다고. 무조건으로 나를 받아주는 인간은 이 세상에 없다고.

부모는 사이토의 존재를 부정했다.

그렇다면 사이토도 일절 기대하지 않으면 된다. 원하지 않는다. 바라지 않는다. 집착하지 않는다. 모든 것은 대용할 수 있는 하찮은 부품 같은 것이다. 시시해. 모든 것이 무의미하다.

그럴 수밖에 없었다. 그렇다고 믿을 수밖에 없었다.

──그렇구나. 그래서 난…… 사랑할 수도 없었던 거야.

처음부터 원하지 않으면 절망할 일도 없기 때문이다.

사랑하지 않으면 배신당할 일도 없기 때문이다.

하지만 아카네는 사이토와는 달랐다. 정반대였다. 그녀는 집착의 덩어리다. 사이토에게 몇 번을 져도 포기하지 않고 3년간 싸웠다.

반드시 사이토를 물리치겠노라 맹세하고는 사이토가 쌀쌀맞게 굴어도 끈질기게 따라다녔다. 화가 나는 것은 말로 직접 부딪히고, 선명한 감정으로 부딪히며, 언제나 정면으로 사이토와 마주했다. 아무리 미워해도 두 사람의 유대는 절대적이었다.

그 강함이 사랑스러웠다. 아카네가 집착을 쏟아준 덕분

에 사이토는 집착을 되찾을 수 있었다. 한 명의 사람을 손에 넣고 싶다는 바람을 가질 수 있었다.

줄곧 손을 내밀던 그녀를, 더는 놓아줄 수 없었다.

여기서 아카네를 잃어버리면, 분명 사이토는 두 번 다시 사람을 사랑할 수 없을 것이다.

점심시간 교실, 사이토는 자신의 책상에서 아카네의 모습을 살폈다.

아카네는 창가에서 햇볕을 쬐며 히마리와 잡담을 나누고 있었다. 쉬는 시간은 대체로 둘이 보내는 경우가 많았기에 사이토는 아카네에게 말을 걸 틈을 찾기가 어려웠다.

점심시간이 끝나기 5분 정도 전, 히마리가 다른 반 여자아이의 부름을 받아 복도로 나갔다.

──지금이다!

사이토는 지금의 기회를 놓치지 않기 위해 자리에서 일어났다.

창가에 무료하게 앉아 있는 아카네의 등 뒤에서, 도망치지 못하도록 발소리를 죽이고 천천히 다가섰다.

"……아카네."

"꺅?!"

반사적으로 아카네가 돌아보며 손바닥을 휘둘렀다.

아니, 그저 손바닥을 휘둘렀다는 단순한 동작이 아니다.

손날로 된 검이다. 간발의 차로 몸을 굽혀 피했지만, 머리 몇 가닥이 날아갔다.

"뭐, 뭐야…… 사이토였어? 놀라게 하지 마…… 죽는 줄 알았네."

"내가 말이지!"

사이토의 심장은 거세게 뛰고 있었다. 가뜩이나 긴장하고 있는데 생명의 위험까지 발생하니 심장이 몇 개라도 부족했다.

"뭐, 뭐야? 나한테 볼일 있어?"

아카네는 머리를 만지작거리며 머뭇머뭇 사이토를 올려다보았다. 그런 귀여운 행동에 사이토는 더욱 긴장해 버렸다. 어울리지 않게 목소리 톤이 높아졌다.

"우, 우리 집에…… 도, 도, 도……."

"백도? 난 딸기가 더 좋은데?"

고개를 갸우뚱하는 아카네.

"과일 얘기가 아니야! 슬슬 우리 집에……."

"심는다면 딸기가 좋을 것 같아. 한번 온실을 만들어 두면 매년 딸기를 무제한으로 먹을 수 있고."

"그러니까 과일 얘기가 아니라니까!"

"나는 과일 이야기를 하고 싶어! 딸기는 맛있잖아!"

"넌 진짜……."

사이토는 머리를 쥐어뜯었다.

이쪽은 필사의 각오로 중요한 이야기를 하려고 하는데, 아카네는 눈치를 챈 기색조차 없다. 키우기 쉬운 딸기 품종 목록이 나온 웹사이트를 스마트폰에 띄우고 즐겁다는 얼굴로 사이토에게 보여주려고 한다.

——그런 점도 귀엽지만!

그렇게 호의적으로 해석해 버리는 것을 보고 자신이 어지간히도 아카네에게 빠져 있다는 사실을 다시 한번 통감하는 사이토.

"잠깐, 사이토? 내 말 듣고 있어? 이건 내 야망인데, 언젠가 내 이름이 붙은 딸기 품종을……."

"아카네!"

"히익?!"

사이토가 어깨를 움켜쥐자 놀란 아카네가 눈을 부릅떴다.

"뭐야…… 무서운 얼굴로……."

"난, 너한테……."

더듬더듬 말을 이으려는 사이토.

그런 두 사람을 반 친구들이 알아차린다.

"오, 치정인가?" "치정이네!" "오랜만에 부부 만담 발발인가!" "안 됐네, 호조!" "나는 사쿠라모리가 호조를 장외로 던진다는 쪽에 베팅할래!"

순식간에 관중들이 늘어나면서 스마트폰 카메라가 사이토 일행을 향해왔다. 제대로 대화할 수 있는 상황이 아니다.

사이토는 빠른 걸음으로 교실에서 도망쳤다. 쫓아오는 학생도 여럿 있었지만 개의치 않았다. 화장실의 개인실에 들어가 차오른 숨을 진정시켰다.

——한심하다.

사이토는 자신의 필사적인 몸부림을 비웃었다.

부동의 학년 1등을 자랑하는 천재가, 왜 이렇게까지 한 소녀에게 마음이 흔들려 꼴사나운 짓을 하는 걸까.

하지만 우스운 짓을 하지 않으면, 아마, 자신은 살아 있다고 할 수 없을 것이다.

방과 후 카페. 아카네는 히마리의 주문을 받고 필래프를 만들면서도 객석을 신경 쓰고 있었다.

이유는 모르겠지만 마호가 자연스럽게 구석 테이블에서 시세이와 트럼프를 하고 있었다. 그건 괜찮다. 여동생은 자주 놀아달라며 달라붙긴 하지만 치고 빠지는 눈치도 좋은 편이고, 정말 방해하면 안 될 때는 얌전히 잘 있는다.

하지만…… 왜 또, 사이토가 가게에 와 있는 것일까. 요즘은 매일이다.

평소 카페를 선호하는 타입도 아닌데, 카운터 한쪽에 눌러앉아 두꺼운 책을 읽고 있다. 라테아트 같은 어울리지 않는 메뉴를 시켜서는 쇼콜라를 우물거리며 음료를 홀짝인다.

──나, 나를 만나러 와준 걸까.

그런 생각이 스쳤지만, 이내 머리를 세게 흔들어 상상을 지워버렸다. 저 사이토가 굳이 아카네의 얼굴을 보러 올 리가 없다.

그렇다면 히마리를 만나러 온 것일까. 아니면 마호? 잘은 모르겠지만, 목적이 아카네가 아닌 것만은 확실했다.

아카네가 사이토 쪽을 보고 있자 책에서 고개를 든 사이토와 눈이 마주쳤다. 사이토는 아카네를 휙 외면했다. 몸의 방향까지 바꿔 책으로 얼굴을 가리고 시야에서 아카네를 차단한다.

──그렇게까지 할 필요는 없잖아!

아카네는 억울함에 뺨을 부풀렸다.

사이토는 이 카페에 매일 다니고 있는데도 아카네에게 제대로 말 한 번 걸어주지 않았다. 한다고 해도 두세 마디 주고받는 정도일 뿐 제대로 된 대화는 성립하지 않았다.

자신이 말을 걸 수 있다면 좋겠지만, 무슨 말을 해야 대화가 즐거울지 잘 모르겠다. 얼마 전에는 과일 얘기를 하다가 사이토가 화가 나서 어깨를 잡았다. 딸기 화제가 싫었던 걸까. 아카네는 딸기에 관한 주제라면 몇 시간이든 말할 수 있는데.

"아카네?! 쌀이 타고 있는데?!"

"꺄──?!"

히마리의 말을 듣고 정신을 되돌리자, 프라이팬의 필래프에 완전히 물기가 사라진 상태였다. 쌀 한 톨 한 톨에서는 불길마저 치솟고 있었다.

아카네는 황급히 수도꼭지를 틀어 프라이팬에 물을 부었다. 새까맣게 탄 프라이팬에서 모락모락 검은 연기가 뿜어져 나왔다. 주위 손님들이 연기에 휩싸여 기침했다.

힐끔 사이토 쪽을 보니 또다시 사이토는 아카네 쪽을 보고 있었다. 그런데 또 바로 외면한다. 같이 살았을 땐 제일 먼저 도와주러 왔을 텐데, 이제는 거리감이 느껴진다.

——어째서…….

가까이 있는데도 멀리 떨어진 것 같은 답답함에 아카네는 입술을 깨물었다.

아카네와 대화할 기회를 잡을 수 있을까 싶어 카페에 와 있던 사이토는 해가 지는 창을 보고 한숨을 내쉬었다.

겨우 요리 작업이 일단락된 아카네는 히마리와 단골들에게 둘러싸여 잡담을 나누고 있었다. 학교든 카페든 사이토가 아카네에게 다가갈 틈이 없다. 아카네 주위의 세계는 사이토 없이 완성되어 있었고, 이제 막 문이 닫히려 하고 있었다.

사이토는 스마트폰의 시계를 바라보았다. 폐점까지 얼마 남지 않았다.

분명 이렇게 둘의 남은 시간은 줄어들겠지.

졸업해 버리면 사이토와 아카네는 반 친구가 아니라 완전한 타인이 된다. 대화는커녕 만날 일도 없고, 거리에서 스치는 일도 없어질 것이다. 아카네는 사이토를 완전히 잊고 기억을 없앨 수 없는 사이토만이 언제까지나 후회하겠지.

그런 건…… 절대 싫다.

되찾아야 했다.

자신이 처음, 태어나서 처음, 갖고 싶다고 바랐던 사람이니까.

"아카네!"

사이토는 의자에서 일어섰다.

술렁이는 손님들. 눈을 동그랗게 뜨고 있는 아카네.

성급하다고 생각하면서도, 멈추면 두 번 다시 움직일 수 없게 될 것 같아 사이토는 아카네를 향해 돌진했다. 그녀의 손을 잡고 카운터 밖으로 잡아당겼다.

"잠깐, 사이토? 뭐야? 무슨 일이야?"

당황하는 아카네의 등을 마호가 눌렀다.

"다녀와, 언니. 가게라면 내가 도와줄 테니까!"

사이토가 시선을 주자 마호는 윙크하며 엄지손가락을 치켜들었다.

응원해 주는 사람이 있다. 그것에 힘을 받은 사이토는 카페에서 뛰어나갔다. 찌르는 듯한 석양과 인파 속을 아카네의 손을 끌고 달려갔다.

자신이 무슨 짓을 하고 있나 생각했다. 아카네가 어이없다는 표정을 지을지도 모른다. 하지만 여기서 멈출 수는 없었다. 아무리 꼴사나워진다 해도 이 감정을 억누를 수는 없었다.

사이토의 손을 아카네가 움켜쥐었다.

가늘고 작은데도 강한 감촉.

그것만으로 사이토는 몸이 불타올랐다. 절대 놓지 않기 위해 그녀의 손을 꼭 잡았다.

사이토는 달렸다. 그 어느 때보다 전력으로.

아카네를 빼앗으려는 모든 것에서 도망치듯이. 두 사람밖에 안 보이고, 두 사람의 목소리밖에 안 들리는, 어딘가 멀리 떨어진 세상을 찾아서.

달리고, 달리고, 둘이 숨이 차오를 때까지 달리다가 땅바닥에 쓰러졌다.

그곳은 본 적도 없는 항구였다. 사이토는 부두의 콘크리트를 등에 느끼며 하늘을 올려다보았다. 눈을 뜨고 있기도 어려울 정도로 눈이 부신 붉은 하늘.

"갑자기 뛰어서 깜짝 놀랐어."

"싫었어?"

"싫진 않았어. 바보 같았지만."

"그러게, 바보 같네."

얼굴을 마주 보고 서로 웃었다. 아카네는 반듯이 누운 채 어깨로 숨을 몰아쉬느라 가슴이 크게 들썩였다. 뻗은 손가락 끝이 맞닿아 있지만, 서로 힘이 빠져 떨어뜨릴 여유도 없다.

떠오르는 것은 신혼생활을 막 시작했을 무렵, 슈퍼에서 타임세일 물건을 구하려고 둘이 고군분투했을 때의 일. 그때는 주부의 군세에 참패하여 슈퍼 바닥에 쓰러져 함께 웃었었다.

그런 별것 아닌 일상이, 그 어느 때보다 소중한 기억이 되어 있었다.

사이토가 바보가 되어버린 것은 이 소녀 때문이다. 이런 비합리적인 일을 하다니, 옛날의 사이토라면 상상도 할 수 없는 일이다.

"그나저나 바다를 보고 싶었다면 그냥 말해 줬으면 좋았을 텐데."

아카네는 치마의 흙먼지를 털며 일어섰다.

"바다를 보고 싶었던 게 아니야. 아카네랑 대화를 나누고 싶었어."

"대화하고 싶으면 카페에서……."

"그런 얘기가 아니야."

사이토도 몸을 일으켜서 똑바로 아카네를 바라보았다.

깊이 숨을 들이마시고 호흡을 가다듬었다.

손끝이 떨려와 주먹을 불끈 쥐고 억지로 억눌렀다.

압박감에 가슴이 무너질 것 같았지만, 필사적으로 목소리를 짜냈다.

"돌아오지 않을래?"

"어⋯⋯?"

아카네가 눈을 부릅떴다. 도저히 믿을 수 없다는 얼굴로.

이기적인 소원인 건 사이토도 알고 있다. 아카네의 삶은 아카네가 택해야 할 것이었고, 사이토에게는 아무런 권리가 없다. 하지만 억제할 수 없었다. 설령 아카네에게 좋아하는 상대가 있더라도, 그대로 놔둘 수가 없었다.

땀이 솟구치고, 쓰러질 것처럼 어지러웠다.

시야가 흐려지고, 흔들렸다.

극심한 이명.

손을 뿌리칠까 두렵다. 거절당하는 것이 두렵다. 부정당하는 것이 두렵다.

하지만 사이토는 손을 뻗었다.

노력할 필요 없이, 거침없이 살아온 천재가 수치심과 긴장에 떨면서.

"나에겐── 네가 필요해."

오늘도 또 사이토는 혼자만의 집에서 멍하니 앉아 있었다.

그 후 아카네는 대답도 없이 달려가 버렸고, 사이토는 항구에 홀로 남겨졌다. 충격을 받은 나머지 그날 밤은 한숨도 못 잤다.

──나는, 차인 건가⋯⋯?

사이토는 거실 소파에서 머리를 싸맨다.

애초에 고백한 것도 아니지만, 거절당한 것은 확실했다. 학교에서도 아카네는 사이토에게 말을 걸지 않았고 눈을 마주치지도 않았다.

떠나가는 부모님의 모습이 뇌리에 되살아나며 사이토는 테이블에 주먹을 내리쳤다.

"사라져…… 이제 좀 사라져 줘……."

중얼거려도 사이토의 기억은 사라지지 않았다. 온갖 통증이 마치 몇 초 전의 흉터처럼 계속 느껴졌다.

어슴푸레한 어둠 속에서 초인종 소리가 울렸다.

잘못 들은 것일까. 아카네가 돌아오길 바라는 마음에 마침내 뇌가 소리까지 조작하는 걸까.

사이토는 자조하면서 현관으로 걸어갔다.

문을 열자── 거기에 그녀가 서 있었다.

나갔을 때와 똑같이 휴대용 가방을 들고, 부끄러움을 참기 힘들다는 듯이 얼굴을 새빨갛게 물들인 채.

환상도 공상도 아니다. 아카네가 있다. 그 눈동자가 사이토를 비추고 있었다.

떨리는 손을 아카네가 내밀었다.

"……다, 다녀왔어."

사이토는 아카네의 손을 꼭 잡았다.

두 사람의 집 식탁에 아카네의 요리가 차려졌다.

두부 된장국, 생선구이에 시금치나물, 채소밥. 먹음직스러운 김을 뿜어내며 테이블을 화려하게 수놓았다.

"……맛있어."

된장국을 한 모금 홀짝인 사이토는 눈물이 날 뻔했다.

프로틴의 가치를 부정하는 것은 아니지만, 이 된장국에는 당해낼 수 없다. 가슴속이 간질간질 따뜻해지면서 위부터 시작해 손발 구석구석까지 힘이 퍼져 나간다.

맞은편 의자에서 아카네가 기세등등한 얼굴로 턱을 치켜들었다.

"그렇지? 밥을 제대로 먹지 않는 건 알고 있었지만, 집에 들어왔을 땐 깜짝 놀랐어. 지옥에 온 줄 알았잖아."

"지옥은 너무 과하잖아……."

조금 혼잡했던 것은 맞지만 사이토 나름의 질서는 있었다.

"지옥이야! 청소하는 것보다 태우는 게 더 빠를 것 같다고 순간 생각했을 정도니까."

"태우지 마. 집까지 탈 거야."

"정말 넌 내가 없으면 안 되는구나."

"뭐, 그렇지. 아카네가 돌아와서 살았어."

"아, 알고 있다면…… 됐지만."

사이토가 순순히 인정하자 아카네는 얼굴이 붉어졌다.

고개를 숙이고 웅크린 채 밥그릇을 가깝게 끌어안고 밥을 입으로 옮긴다.

아카네가 있는 것만으로 집에 생명의 등불이 켜진 기분이 들었다. TV를 켜는 것도 아까워서 사이토는 아카네의 붉어진 얼굴을 바라보았다.

"뭐, 뭐야?"

"따, 딱히."

아카네가 눈을 흘기자, 사이토는 눈을 돌렸다.

"나 보고 있었잖아."

"안 돼?"

"안 되는 건 아니지만…… 부끄럽다고 할까……."

부끄러워하는 아카네의 모습에 사이토는 가슴이 간질거리는 것을 느꼈다.

여느 때와 같은 식탁.

하지만 어딘가 평소랑 다르다.

그것은 분명 사이토가 아카네를 향한 연정을 자각해 버렸기 때문이겠지.

테이블에 놓인 것도 이제는 단순한 동거인의 요리가 아닌, 좋아하는 여자아이의 수제 요리가 되어버렸다.

지금의 사이토는 안다. 아카네의 수제 음식을 먹었을 때 만족스러웠던 것은 요리로서 뛰어나기 때문이 아니다. 사이토가 그토록 찾아 헤맸던 가정의 맛이었기 때문이다. 자신의 마음이 그것을 원했다는 것도 계속 몰랐다.

소중한 마음으로 저녁을 다 먹은 사이토는 식기를 들고 자리에서 일어났다.

"설거지해 놓을게. 끝나면 같이 영화나 보자."

"……."

싱크대 앞에 선 사이토의 소매를 아카네가 꼭 쥐었다. 두 사람의 거리가 갑자기 좁혀지면서 사이토는 고동이 빨라지는 것을 느꼈다.

"왜, 왜 그래?"

그녀의 윤기 나는 머릿결, 그 달콤한 냄새에 현기증이 났다. 예전에는 평범하게 대했는데 도저히 평정심을 유지할 수 없었다.

"저, 저기. 너한테…… 물어보고 싶은 게 있어."

아카네는 고개를 숙인 채 귀를 진홍색으로 물들이고 있었다. 사이토의 소매를 움켜쥔 손가락이 애처롭게 떨려왔다.

"……뭐야?"

사이토는 침을 삼켰다.

아카네는 머뭇머뭇 고개를 들어 사이토를 바라보았다. 그녀의 두 눈이 뜨겁게 흔들렸다.

사랑스러운 연분홍빛 입술에서 상기된 목소리가 새어 나왔다.

"사이토는 나를…… 어떻게 생각해?"

후기

남에게 손을 뻗는다는 것은 무서운 일입니다.

무심코 그 손을 뿌리치는 결말을 상상하게 되니까요. 여러 번 실망을 경험해 온 사람일수록 기대하는 것에 대한 두려움을 느끼게 됩니다.

사실은 미움을 받지 않을까. 여기여기 모여라, 라고 말해도 아무도 모이지 않는 것은 아닐까. 아무도…… 자신을 봐주지 않는 것은 아닐까.

하지만 그 공포에 모두가 움츠러들 때, 한 걸음은 사라집니다. 고독한 인간이 무한으로 증식하고, 누구나 이어지길 바라면서도 이어지질 않습니다.

그렇다면 용기를 내서 한 발짝 내딛는 수밖에 없습니다.

사이토는 내디뎠습니다. 그리고 아카네도.

드디어 서로를 원하기 시작한 두 사람의 미래에는 무엇이 기다리고 있을까요?

원작 만화 영상으로 계산하면 곧 반여결도 4주년이 됩니다. 소설은 드디어 8권. 이번에도 많은 분의 도움으로 다음 권을 보내드릴 수 있었습니다.

MF문고 J편집부 여러분, 담당자 K님, N님. 정확한 지도와 지원에 감사드립니다. 반여결 세계관의 깊이감을 더

하는데 무척 공부가 되었습니다.

일러스트레이터 나루미 나나미 선생님. 이혼 신고서를 든 복잡미묘한 아카네의 표정, 둘이 함께 들어간 온천의 분위기 등 엄청난 박진감이 느껴지는 삽화였습니다. 감사합니다.

만화가 모스콘부 선생님. 각 에피소드를 보완하고 고조시켜주는 만화를 많이 그려주셔서 감사합니다. 코믹 최신화의 마호도 위험도가 높아서 최고입니다.

8권을 읽어주신 독자 여러분. 늘 감사합니다. 저자가 전하고 싶은 말, 간절한 마음을 듬뿍 담은 작품을 읽어주셔서 정말 기쁩니다.

이번 사이토의 심경을 그릴 때는 감정이입한 나머지 눈물을 흘리며 쓴 장면도 있었습니다. 사이토뿐만 아니라 사는 것은, 앞을 향하는 것은 무서운 일입니다. 하지만 열심히 나아갈 수밖에 없습니다.

앞으로도 영혼을 담은 책을 적어나갈 테니 잘 부탁드립니다.

새로운 해, 격변의 가을 23년 10월 22일
아마노 세이주

CLASS NO DAIKIRAI NA JOSHI TO KEKKONSURUKOTO NI NATTA. 8
©Amano Seiju 2023
First published in Japan in 2023 by KADOKAWA CORPORATION, Tokyo.
Korean translation rights arranged with KADOKAWA CORPORATION, Tokyo.

반에서 가장 싫어하는 여자애와 결혼하게 되었다. 8

2024년 6월 15일 1판 1쇄 발행

저   자 아마노 세이주
일 러 스 트 나루미 나나미
캐릭터원안 모스콘부
옮 긴 이 이소정
발 행 인 유재옥
이   사 조병권
출판본부장 박광운
편 집 1 팀 최서영
편 집 2 팀 정영길 박치우 정지원 조찬희
편 집 3 팀 오준영 권진영 이소의
디자인랩팀 김보라 박민솔
디지털사업팀 박상섭 김지연 윤희진
라이츠사업팀 김정미 맹미영 이윤서
영업마케팅팀 최원석 박수진 이다은
물 류 팀 허석용 백철기
경영지원팀 최정연
인쇄제작처 ㈜코리아피엔피
발 행 처 ㈜소미미디어
등   록 제2015-000008호
주   소 서울시 마포구 토정로222, 502호 (신수동, 한국출판콘텐츠센터)
판매 및 마케팅 (070) 8822-2301

ISBN 979-11-384-8353-7 04830
ISBN 979-11-384-0841-7 (세트)